AF346199

Quatre pouvoirs

Livre 2 : *L'arithmétique écarlate.*

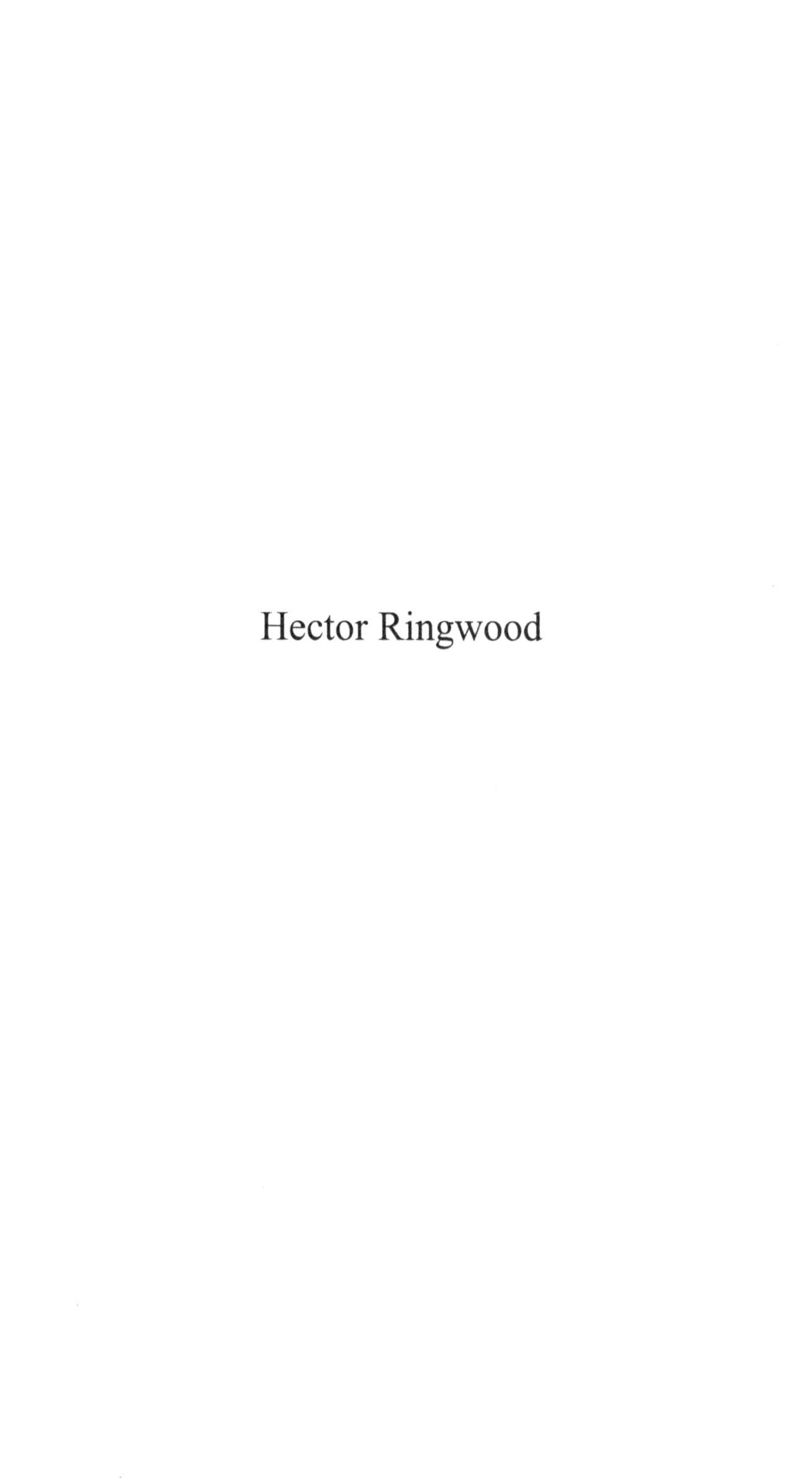

Hector Ringwood

1

Forêt aux démons

Kléos

Un agréable parfum de poisson grillé tira Kléos d'un sommeil dépourvu de rêves. Il ouvrit les yeux sur un ciel étrange formé de feuillages et de branches infinies. *Où suis-je ?* se demanda-t-il.

Une forêt ? La forêt aux démons. Les souvenirs affluèrent progressivement. Il se rappela le puits dans lequel il avait été retenu prisonnier avec son cousin Réguine. *Je me suis échappé.*

Kléos se redressa, puis jeta un œil aux environs. Il se trouvait sur une racine plate, à quelques mètres au-dessus du sol, à l'abri du tapis de mousse carnivore. À sa main, un bandage de tissu taché de sang. Il se souvint de la manière avec laquelle il s'était protégé des démons durant la nuit. Impossible toutefois de se rappeler comment il s'était retrouvé ici, sur cette racine.

Il descendit de la racine par une sorte d'escalier naturel, ondulant jusqu'au tapis de verdure. La fine odeur était toujours présente. Ce doux parfum de grillade de poisson ne pouvait être qu'une affreuse illusion olfactive destinée à lui rappeler la faim qui le tenaillait toujours. Il ferma les yeux et huma l'air pour apprécier cette saveur. Elle était presque tangible. En suivant le parfum, il entendit le bruit cristallin d'un cours d'eau. *Est-ce un rêve ?* Se demanda-t-il.

Affamé, il se laissa conduire par le murmure de l'eau et l'arôme alléchant. C'est au détour d'une racine qu'il découvrit Réguine, paisiblement installé au bord d'une petite rivière caillouteuse, en train de griller des brochettes de poisson et de lézard.

« Oh… » soupira Kléos en rejoignant maladroitement la rivière pour y plonger la tête.

Il s'abreuva copieusement, interrompant à peine sa soif pour reprendre son souffle avant de se délecter à nouveau. Il aurait juré devant les treize dieux que cette eau avait des pouvoirs magiques, tant elle était délicieuse et rafraîchissante.

Après avoir étanché sa soif, Kléos rejoignit Réguine qui dégustait paisiblement une brochette de lézard d'une main, tout en tenant un autre au-dessus d'un petit feu crépitant. Entre les galets, deux brochettes de poisson et une autre de lézard étaient soigneusement plantées.

Sans demander le consentement de Réguine, Kléos se jeta sur le lézard chaud. La grillade ne tint guère longtemps entre ses mains voraces, ne laissant derrière elle qu'un amas d'ossements. Les poissons, avec leurs nombreuses arêtes, furent un défi à dévorer, mais leur saveur succulente en valait la peine.

Réguine était originaire de la quatrième île, Forfress. Sur cette terre, les habitants avaient érigé la chasse et la pêche en véritable philosophie de vie.

« Je t'ai traîné toute la nuit, lança Réguine en aspirant le crâne du petit lézard. J'ai taillé ta main pour garder la lumière du tapis de mousse. Tu m'excuseras, j'y étais contraint par la horde de démons. Ils nous ont suivis jusqu'à l'aube. »

Kléos regarda le bandage de sa main.

— As-tu suivi la direction des veines spectrales ?

Son cousin ne répondit pas immédiatement. Il le toisa d'un regard sombre.

« Elle passe sous cette rivière, répondit-il. Elle est peu profonde. »

Réguine se leva et saisit un bâton pointu, une lance pour être précis. À son extrémité, une pointe d'os solidement attachée par une cordelette. Un assemblage plutôt habile, il faut le reconnaître.

« Où as-tu déniché ça ? » Interrogea Kléos, prenant conscience qu'il se retrouvait désarmé face à son cousin.

— Il y a des cadavres d'animaux autour du fleuve, sous le tapis de mousse. Et beaucoup de bois aussi. En creusant la mousse, je suis tombé sur une sorte de grand singe. La mousse avait dévoré la peau et les muscles, mais j'ai pu arracher cette énorme dent de son crâne.

Il montra la pointe de sa lance.

— Donne-la-moi ! ordonna Kléos en se levant à son tour.

— Tu es trop épuisé pour manier une arme. Levons le camp ! Les démons risquent de nous pister si on traîne ici. Traverser la rivière devrait brouiller leur piste, du moins je l'espère.

Réguine étouffa le modeste feu de camp sous le poids d'un imposant galet, puis s'achemina d'un pas décidé vers la rivière. Traversant le cours d'eau avec confiance, il maintenait sa lance contre son épaule, l'eau ne dépassant guère ses hanches. Kléos, moins grand que son cousin, le suivit de près, sentant l'eau froide lui atteindre le bas du ventre.

Si Réguine avait besoin du sang de son cousin pour se protéger des démons, indéniablement, Kléos avait besoin de lui pour ses talents de chasseur. Les deux hommes devaient donc se supporter au nom de la survie mutuelle.

À quelques dizaines de mètres des abords de la rivière, Kléos arracha le bandage collé sur sa plaie par le sang croûteux, puis pressa la paume de sa main pour en faire jaillir le sang. Il posa la main sur le tapis de mousse qui s'illumina.

Un réseau de racines et notamment une artère principale lui indiquèrent le chemin à suivre. Ils poursuivirent donc leur route dans le dédale des racines murales des arbres Titans.

Parfois, des mouvements suspects dans les larges feuillages les alertaient. Réguine brandissait alors sa lance vers le ciel. Mais jamais rien ne descendit à leur rencontre.

Lorsqu'il n'eut plus de repère, Kléos pressa à nouveau la paume de sa main et la posa sur le tapis de mousse pour faire apparaître de nouveau l'artère principale.

« Tu devrais laisser ta blessure se reposer, conseilla Réguine. Et réserver ton sang pour les démons, cette nuit. »

— Et avancer à l'aveugle ? Hors de question. Il me faut un spectre. Que tu le veuilles ou non, c'est la calligraphie qui nous sauvera.

— Que feras-tu lorsque tu te rendras compte que le spectre vert ne respecte pas la même écriture que le spectre azur ?

— Il me faut un spectre, qu'importe sa couleur. C'est notre seule solution.

— Nous pourrions suivre le cours du fleuve et rejoindre la mer.

— Et pour faire quoi ?

— Pour construire un radeau. On peut trouver du bois frais sous le tapis de mousse, nos vêtements serviront de liens.

— Et l'on dériverait à l'aveugle ! Il est facile de trouver un continent avec un bateau à voile. Trouver une île sur un radeau de fortune est beaucoup plus hasardeux. L'idée même de partager…

Un rugissement bestial le fit instantanément se taire, et les deux hommes s'adossèrent contre une racine. Des cris puissants et des coups sourds faisaient frémir les feuillages au-dessus d'eux. Un craquement provoqua la chute d'une immense branche à proximité. Kléos eut l'impression d'être plongé au cœur d'une bataille divine, où le monde tout entier était secoué par ces affrontements titanesques.

Après un dernier rugissement à faire frémir le plus fier des hommes, le vacarme s'estompa. Quelques feuilles tombèrent et puis…, plus rien.

« C'est fini ? » demanda Réguine.

— Je pense. Quelle créature était-ce ?

— Je préférerais ne pas le savoir.

Un dernier coup d'œil vers le haut et les deux hommes reprirent leur chemin.

« Quel était ton projet pour retourner sur l'archipel ? » Interrogea Réguine.

— Trouver un spectre. Retourner à Cultion. Éliminer les membres de la section secrète ainsi que ceux de la maison Octazi.

— On peut dire que ton plan est tombé à l'eau.

— Détrompe-toi, ce plan tient toujours.

— Tu oublies les démons. Tu oublies l'océan qui te sépare de l'archipel. Tu oublies l'armée des treize qui te recherche sûrement.

— Aucun démon, aucun océan, ni même les dieux ne sauront me détourner de ce plan. Sache-le, Réguine, quoiqu'il m'en coûte, j'obtiendrai justice. Nous allons d'abord persévérer le long de l'artère principale afin de trouver la source de ce maudit tapis de mousse. Et si le spectre vert ne donne rien, notre dernier espoir résidera dans la traversée de la forêt pour atteindre les terres de l'Empire galdinien.

— Impossible ! protesta Réguine. Il faut des mois de marche intensive pour la traverser, et nous ne sommes ni équipés ni suffisamment renseignés sur les lieux. Il n'y a pas que les démons ni les bêtes sauvages dont nous devons nous inquiéter. Pense aux maladies, aux aliments toxiques que nous pourrions ingérer par mégarde. La mort nous guette si nous persistons dans cette forêt.

Réguine avait raison. C'était une vérité que Kléos peinait à reconnaître. La forêt des démons s'étendait à perte de vue, une immensité de centaines de kilomètres les séparant des terres de l'Empire de Galdine. Kléos n'aurait pas suffisamment de sang pour assurer sa protection nocturne contre les démons si, par malheur, ces créatures se trouvaient également de ce côté de la rivière.

Cependant, contempler de ses propres yeux l'Empire de Galdine était un vieux rêve, un rêve dont la maison Octazi avait su tirer avantage pour manipuler Kléos. On lui avait fait miroiter la promesse qu'une fois l'Empire de Galdine annexé à l'archipel des treize, il serait élevé au rang de grand ambassadeur de Galdine.

Il y avait cru. Kléos avait tant espéré atteindre ce but qu'il n'avait pas vu qu'on se jouait de lui. Jamais il ne vivrait dans le palais impérial de Galdine avec sa femme, Leitina, comme il l'avait imaginé. Jamais il ne pourrait jouir de la calligraphie avec les grands calligraphes de Galdine qui auraient survécu à la guerre.

Quel naïf je fais, pensa-t-il, le cœur déchiré.

« Nous devons trouver le groupe d'Anvor, lança Kléos. S'ils ont survécu jusque-là, ils nous aideront à traverser la forêt. »

— Comment comptes-tu faire pour trouver le groupe d'Anvor dans cette forêt ?

— Notre marche nocturne ne passera pas inaperçue. Ils ont sûrement disposé des sentinelles autour de leurs camps. Avec de la chance, c'est eux qui nous trouveront.

— Très bien ! misons sur la chance, alors.

Ils marchèrent toujours plus profondément dans la forêt. Leur seul guide était le réseau veineux qui serpentait entre les arbres. Kléos leva de temps à autre la tête à chaque bruit suspect. Il aperçut un petit lézard courant après une araignée sur une racine. Un petit marsupial détala à toute vitesse vers les hauteurs après que Réguine lui eut lancé sa lance à deux centimètres de la tête. Aux creux d'un arbre, une colonie d'énormes fourmis rouges avait nidifié des monticules de terre à l'abri du tapis de mousse.

En accordant une attention plus soutenue aux arbres, Kléos réalisa qu'il en existait deux types distincts. Le premier se composait d'arbres titanesques, déployant majestueusement leurs branches à plusieurs centaines de mètres au-dessus du sol.

Le second type d'arbres se révélait bien plus modeste, s'appuyant littéralement sur les colosses titanesques. Leurs racines s'enroulaient autour des troncs imposants des titans, tels des tentacules enserrant des monstres bien trop grands pour eux. Cette forêt se démarquait de toute autre sur l'archipel.

Dans les méandres des racines murales, ils furent surpris en découvrant, à la base d'un arbre titan, un lézard d'une envergure d'environ trois mètres. Il gisait étendu contre la racine telle une statue de pierre. Sa teinte marron, marquée de stries, le fondait parfaitement dans la texture sur laquelle il s'était accroché, le transformant en une composante indiscernable de l'arbre titanique.

En réalité, ce qui avait révélé sa présence était l'extrémité de sa longue et fine queue rouge, s'agitant sur le tapis de mousse tel un serpent en proie à un mal qui le faisait se tordre de douleur.

Témoin de cette scène, Kléos et Réguine se dissimulèrent derrière une racine, observant avec fascination cet étrange reptile. Réguine avança prudemment parmi les monticules de mousse, comme s'il envisageait de chasser cette créature colossale. Cependant, au moment où il se préparait à lancer sa lance, une créature de la taille d'un sanglier surgit du tapis de mousse. Tel un requin émergeant des profondeurs marines, elle s'abattit sur la queue rouge du reptile, la mordant avec voracité.

Le reptile se sépara du bout de sa queue pour l'offrir entièrement à la créature qui s'acharnait sur elle. Pendant ce temps, le lézard fit lentement un demi-cercle pour se retrouver face à son agresseur, qui fut soudainement pris de convulsions.

Cette crise laissa ensuite place à une profonde léthargie. Le lézard saisit alors la tête de l'étrange animal dans sa gueule et le traîna en arrière, reculant pour disparaître dans les hauteurs des branches. Réguine se tourna vers Kléos, visiblement déconcerté. Kléos lui répondit par un regard énigmatique.

La nuit tomba rapidement sur la forêt des démons. Les hurlements des créatures, témoignant de l'accouchement de leurs maîtres démoniaques, leur indiquèrent que même ici, des démons rôdaient.

L'heure de la peur s'abattit sur les deux explorateurs infortunés. Le sang de Kléos, une fois de plus, alimenta la mousse luminescente qui les entourait, leur offrant à la fois une protection et une lueur salvatrice dans les ténèbres.

Des gueules mauves se faisaient voir entre les arbres. Les démons se tenaient à bonne distance de l'aura verte, mais sans jamais les perdre de vue.

Ils marchèrent sans s'arrêter durant des heures éprouvantes. Le maigre repas que Kléos avait avalé ne l'avait pas rassasié, loin de là. Après réflexion, il se dit que Réguine aurait mieux fait de lancer sa lance sur cet étrange reptile et d'avoir fait des deux bêtes un repas plus que suffisant.

Un arbre titan les contraignit à contourner la veine qui passait sous ce géant de bois. Pendant une bonne dizaine de minutes, ils longèrent le tronc et l'une de ses immenses racines jusqu'à ce que celle-ci disparaisse complètement dans le tapis de mousse. Mais ce détour en valait la peine, car devant eux s'étendait une clairière dépourvue d'arbres.

Une immense étendue de mousse recouvrait un sol aussi plat qu'une mer calme. La satisfaction de quitter la forêt fut de courte durée, car au loin se dressaient les silhouettes imposantes des arbres titanesques, contrastant avec le ciel étoilé. Cependant, devant eux s'étendaient quelques hectares de verdure dégagée.

« Là-bas, l'étoile du dernier. » Indiqua Réguine.

Il pointait le doigt vers l'étoile la plus brillante du ciel. Le sud était enfin retrouvé. Leur seul indice géographique depuis qu'ils avaient pénétré la forêt aux démons.

À droite, comme à gauche, les arbres titans avaient respecté une frontière invisible. Ces derniers entouraient la plaine de mousse comme une foule dense autour d'un lieu sacré.

De leur position, Kléos et Réguine pouvaient contempler le réseau de veines lumineuses qui s'étendait sur une partie du tapis de mousse. La vision était si étonnante que les deux cousins restèrent silencieux, captivés par ce spectacle inattendu. Réguine fit un pas en avant, mais Kléos le retint en lui saisissant le bras.

« Te souviens-tu du puits dans lequel nous étions retenues ? » Lui dit-il.

Réguine hocha la tête. Il planta sa lance devant lui. Cette dernière s'enfonça dans le sol sans la moindre résistance.

« Il y a un trou, confirma-t-il. Tu crois qu'elle occupe toute la surface ? »

— Tiens-moi, je vais y jeter un coup d'œil.

Retenu par la ceinture, Kléos s'enfonça dans la surface végétale pour s'y plonger. À moins d'un mètre sous la mousse, sa tête émergea de sous la surface. Et l'expression "ne pas en croire ses yeux" prit soudain tout son sens.

Une immense cavité s'étendait, renfermant les vestiges sombres d'une cité abandonnée. Le tapis de mousse, soutenu par le réseau de racines, créait un plafond de verdure majestueux au-dessus. Ce réseau semblait provenir d'une épaisse colonne qui s'enfonçait au cœur de ces ruines fantomatiques.

Enfin, il avait découvert l'origine de cette mousse carnivore. Des battements d'ailes retentirent à sa droite, le mettant en alerte. Plus loin, parmi les ruines, un oiseau spectral s'envola, laissant dans son sillage une traînée azurée magnifique.

Un large sourire s'étira sur le visage du calligraphe. La vue de cette traînée céleste raviva en lui un espoir presque éteint. Peu importait le spectre vert ou mauve à présent ! Il venait de découvrir l'arme qui rendrait la lance de Réguine aussi menaçante qu'une simple épine de rosier.

« Qu'est-ce qu'il y a là-dessous ? » S'impatienta Régine.

— C'est… ce sont des ruines, informa-t-il une fois émergé de la mousse tout en crachant des résidus du tapis. Les ruines d'une vieille cité abandonnée. Par les treize, elle est immense. Et… Il y a une colonne au centre, toute la mousse de la forêt provient de cette colonne.

Il désigna la racine d'un arbre Titan qui plongeait dans les ruines, puis reprit :

« Nous emprunterons cette racine pour pénétrer dans les ruines. La descente est raide sur une dizaine de mètres, mais elle devient plus praticable par la suite. »

— On ne sait même pas ce qu'il y a dessous. C'est sûrement un nid à démons.

— Je n'en ai pas vu. La lumière du tapis de mousse éclaire la cité. Ils ne viendront certainement pas.

Kléos raviva une fois de plus le tapis de mousse en sang avant de rejoindre la racine de l'arbre. Se cramponnant à celle-ci à califourchon, il se laissa glisser sous l'épaisse couverture verte. Les racines des arbres Titans semblaient peu soucieuses des frontières, pénétrant allègrement la cité et se faufilant entre les ruines avant de disparaître sous terre.

Une fois la pente moins abrupte, Kléos lâcha prise sur la racine pour poser le pied à terre. Le sol se composait d'une terre sèche, extrêmement friable et poussiéreuse. À chaque pas, ses pieds s'enfonçaient jusqu'aux chevilles, soulevant des nuages de poussière. Il descendit prudemment la pente, gardant une main sur la racine pour assurer son équilibre.

Soudain, Réguine le dépassa à grandes enjambées, soulevant derrière lui un nuage de poussière. Il hurla quelque chose d'inaudible qui ressemblait à "verrière". Non, cela ressemblait plutôt à "derrière".

Derrière !

Kléos se tourna et aperçut la source de ce tumulte : un énorme félin aux longues pattes zébrées de noir et de blanc. Le félin glissait maladroitement dans sa direction.

Kléos plongea instinctivement au sol tandis que le félin bondissait sur lui. La bête le rata de peu et fit plusieurs roulades pour se remettre sur ses pattes quelques mètres plus bas.

Que faire ? se demanda Kléos. Il n'avait ni spectre ni arme, et aucune issue ne semblait se présenter. Par chance, le félin ne semblait pas plus à l'aise que lui sur ce terrain instable. En tentant de remonter vers Kléos, l'animal faisait glisser la terre sous ses pattes, l'obligeant ainsi à rester sur place. Kléos se releva rapidement, puis rejoignit la racine. Une fois à sa portée, il s'en servit pour grimper et distancer son prédateur.

Le félin, voyant sa proie s'échapper, pressa le pas, mais sa progression demeura limitée. Rugissant, il dévoila une gueule garnie de dents acérées. Un rapide coup d'œil sur le côté et le félin changea de tactique, se dirigeant vers la même racine. Ce prédateur à la silhouette élancée vivait sûrement parmi les cimes des arbres titans. Si ses griffes parvenaient à agripper le bois de la racine, le destin de Kléos serait scellé.

Un sifflement attira l'attention du gros chat, faisant dresser une de ses oreilles pointues sur sa tête ronde. Il tourna sa gueule en direction d'un tissu rouge agité au pied du talus. Après avoir reniflé dans cette direction, il se mit à dévaler la pente en petits bonds successifs pour rejoindre sa nouvelle cible.

Le félin sentit le tissu et le lécha de quelques coups de langue, mais soudain, il rugit en se dressant sur ses pattes arrière et en fouettant l'air de ses pattes avant. Une lance était plantée dans sa gueule. Il se mit à courir en cercle, secouant la tête pour extirper la lance avant de s'effondrer au sol. Ses pattes continuaient de battre dans une danse macabre, soulevant un nuage de poussière autour de lui.

Réguine émergea du tas de terre poussiéreux. Il s'y était enfoui pour leurrer la bête. Il tourna la tête vers Kléos et s'enorgueillit d'un sourire.

Kléos rejoignit le félin. Réguine avait arraché un morceau de sa manche et utilisait ce tissu pour envelopper sa main. Il s'était volontairement blessé à la main pour attirer la bête avec son sang.

« Je vais le dépecer et le faire griller. » Déclara Réguine en appuyant le plat de son pied contre la gueule du félin, tout en retirant la lance.

Ce à quoi Kléos répondit :

« Traînons-le vers l'intérieur des ruines. L'odeur du sang pourrait en amener d'autres. »

Il leva la tête et observa le plafond de mousse avant de reprendre :

« De plus, le tapis vert risque de s'éteindre d'une minute à l'autre, je dois mettre mon sang sur la colonne pour l'alimenter. »

Ils traînèrent leur repas jusqu'au cœur de la cité. Leurs pas résonnaient sur les pavés poussiéreux des rues désertes. Ces dernières s'étendaient en lignes droites impeccables, dépourvues de toute déformation. Même dans les villes les plus aisées de Cultion, les routes ne rivalisaient pas avec cette perfection. Cependant, quelques ruines écroulées ici et là rompaient l'harmonie de ce tableau, ajoutant ainsi une touche de désordre à cette mystérieuse cité.

Les maisons qui ne s'étaient pas totalement effondrées étaient immenses. Elles atteignaient parfois plusieurs dizaines de mètres de hauteur. Sur chacune d'entre elles, des ouvertures indiquaient la présence de fenêtres et de portes aujourd'hui disparues. Les murs n'étaient ni construits en pierre ni en bois, mais étaient composés d'une sorte de bloc uniforme, lustré d'un noir qui brillait sous le plafond vert. Cet endroit était véritablement fascinant.

Kléos examinait les alentours, non pas pour admirer l'architecture unique de cet endroit, mais pour retrouver l'oiseau spectral qu'il avait aperçu il y a peu. Il n'avait jamais vu l'une de ces créatures. Les calligraphes de Galdine utilisaient majoritairement des spectres venant de ce type d'oiseau. Pour sa part, les seuls spectres qu'il s'était procurés venaient principalement des démons marins pêchés par des contrebandiers.

S'il voulait capturer l'un de ces oiseaux, c'était bien cette nuit. Ou alors, il faudra attendre la nuit prochaine, ou celle d'après. Quoi qu'il en soit, il ne quitterait ces lieux qu'en ayant obtenu un de ces spectres azur.

« J'ai vu un oiseau spectral tout à l'heure. » Confia-t-il à Réguine.

— Ici ? s'étonna son cousin. Ne redoutent-ils pas la lumière verte ?

Réguine posait là une bonne question.

« Il me le faut, reprit Kléos. Je ne sais pas si je pourrais calligraphier quoique ce soit avec un spectre vert ou mauve, mais je suis certain qu'avec le spectre bleu, je pourrais revenir sur le continent. Les possibilités seront illimitées.

— Et tu mettras le chaos dans l'archipel enfin unifié. Se rembrunit Réguine.

— L'idéologie de l'unicité m'a tout pris. Terres, titres, un père, une femme et un enfant à naître. Lorsque j'obtiendrai la justice du sang et que mon honneur sera rétabli, je quitterais définitivement les treize piliers et je rejoindrais Galdine comme calligraphe.

Réguine lâcha la patte du félin et resta les bras ballants, comme s'il venait de recevoir une balle en pleine poitrine.

« Tu trahirais les tiens pour des calligraphes ? »

— Les miens ? S'empourpra Kléos en jetant l'autre patte. Les miens m'ont jeté en pâture à une bande de demeurés qui prenait plaisir à me faire souffrir. Tu ne m'as pas vu le visage boursouflé, les dents cassées, le nez brisé, une oreille arrachée, le corps lacéré de coups de fouet. Tu ne m'as pas vu mourir de douleur en suffoquant. Sais-tu ce que cela fait, de se voir mourir ? Le sais-tu ?

— C'était pour ton bien. Pour que tu puisses récupérer ton âme.

Déconcerté par une telle absurdité, Kléos ne trouva rien à répliquer et se contenta de reprendre la patte qu'il avait laissé échapper. Réguine fit de même. Leur progression vers le centre de la cité se fit dans un silence pesant, seul le sillage du cadavre de félin brisait le calme des lieux.

Ils arrivèrent dans ce qui semblait avoir été une place publique. En son centre, la fameuse colonne se dressait tel l'unique pilier qui soutenait le plafond de mousse. Mais l'obscurité gagnait les lieux. Ils s'étaient trop éloignés de la partie éclairée du tapis qui les recouvrait. De plus, ce dernier perdait de sa luminosité. Rapidement même. Trop rapidement.

Et ce que redoutait Kléos arriva. Les ténèbres reprirent leur règne, et la nuit réclama à nouveau son territoire. Les hurlements des démons les avertirent que la chasse était lancée. Abandonnant le félin, Kléos se précipita vers la colonne, englouti par l'obscurité totale.

Il courut droit devant, ne se fiant qu'à sa mémoire pour trouver son chemin. Enfonçant son pouce dans la blessure de sa main pour rouvrir la plaie, la douleur se mêlait à la peur constante d'être capturé à tout moment.

Il tendit la main devant lui, priant pour ne pas avoir dévié de sa trajectoire et que la colonne se tienne toujours face à lui. Pire encore, il n'était même pas sûr que cette dernière accepterait son sang comme le tapis de mousse l'avait fait.

Mais une autre angoisse vient submerger la précédente. Celle de n'avoir toujours pas rencontré la colonne. Ce qui fit naître un terrible doute dans son esprit. L'avait-il dépassé ? Devait-il faire demi-tour ou poursuivre ? L'atmosphère était cruellement pesante, mais Kléos garda le cap. Il courrait droit devant, car il n'avait désormais plus d'autre choix.

Il heurta violemment un obstacle, effectuant une pirouette désordonnée. À partir de cet instant, il perdit tout repère spatial. Incapable de distinguer le haut du bas, il se retrouva totalement désorienté.

En tâtant le sol autour de lui, Kléos toucha une surface tendre puis, tout en remontant cette dernière, une explosion de lumière verte l'illumina. Et la lueur se diffusa sur toute la colonne qu'il venait de toucher. Elle grimpa jusqu'à son sommet où elle irrigua tout le plafond de mousse d'un rayonnement de jade, recouvrant ainsi la cité d'une aura verte apaisante et protectrice.

À une dizaine de mètres derrière lui, six démons s'étaient retrouvés piégés dans cette luminescence. *Six seulement !* Kléos aurait juré avoir été poursuivi par la forêt entière. Tourmentés par la lumière verte, les démons s'entortillaient de douleur. Leurs peaux noires fumaient, cloquaient et éjectaient des fluides purulents.

Une silhouette émergea au bout de la place. Réguine surgit des décombres d'une maison, tenant une lance à la main. Il s'était retranché dès que l'obscurité avait envahi les lieux.

Kléos se tourna sur la colonne qui lui avait sauvé la vie. Étrangement, celle-ci ne semblait pas être naturelle comme le tapis de mousse qu'elle soutenait. La surface était gravée de plusieurs symboles inconnus répartis sur toute la longueur.

Elle était également enclose par un muret. C'était sur ce dernier que Kléos avait trébuché, son genou gauche en gardait encore un douloureux souvenir.

Si l'on considérait les lieux dans leur ensemble, on pouvait constater que la cité semblait avoir été érigée autour de cette colonne. Cette disposition laissait supposer que ses bâtisseurs vouaient un culte à cette structure et à la mousse qui l'ornait. Bien que l'envie d'explorer les moindres recoins de cet endroit titillait la curiosité Kléos, la priorité demeurait la survie.

Il s'approcha de l'un des démons étendus au sol, immobile. Sa chair n'était qu'une masse informe d'une couleur sombre, laissant entrevoir une longue colonne vertébrale enroulée sur elle-même. Au sein de cette substance nauséabonde, Kléos distingua une queue à la fourrure mauve. Il tira dessus pour la détacher du reste du corps, puis plia le squelette entre deux articulations afin de le briser et de s'en emparer complètement.

Le spectre s'illumina sous sa main, mais Kléos n'en était pas pour autant satisfait. Il fallait encore pouvoir calligraphier avec cette couleur.

Il décida alors d'essayer une calligraphie à deux idéogrammes appelée le "Don du Juste". Il s'agissait d'une calligraphie de base destinée aux débutants. Sa simplicité permettait d'initier à cet art en créant un objet inanimé tel qu'une statue.

Kléos souhaitait ici donner forme à une statue représentant la déesse Vévéa. Mais les idéogrammes ne donnèrent rien d'autre que de simples traits en lévitation

« Je te l'avais dit, clama Réguine en le rejoignant. La calligraphie mauve n'obéit pas aux idéogrammes azur. »

— Alors je trouverais un spectre bleu dans ces ruines. Qu'importe le temps que cela prendra.

— Je n'aime pas ces lieux. Ça pue la malédiction. Regarde ces habitations. Noir comme la peau de ces démons.

— Je me demande quel peuple a bien pu construire une telle cité, murmura Kléos dans un tour d'horizon.

— Des sans-âme, certainement. Des adeptes de la calligraphie. C'est probablement cela qui a scellé leur destin.

— Nous camperons ici.

— C'est une mauvaise idée. Nous sommes beaucoup trop exposés ici.

Kléos sentit que son cousin était un peu trop pressé de quitter ces ruines. Voir Kléos armé d'un pinceau céleste semblait l'effrayer à présent. Oh ! Comme il avait cent fois raison ! Une fois armé du spectre azur, Réguine ne lui serait plus d'aucune utilité. Kléos n'avait nullement oublié qui était l'exécutant de l'assassinat de sa femme et de l'enfant qu'elle portait. Il devra mourir. Kléos devait laver son honneur et il n'avait que trop attendu.

« Je dois être près de la colonne pour tenir la cité sous la lumière, dit-il. N'oublie pas qu'elle s'éteint toutes les sept minutes. On s'organisera donc de cette manière : je resterais éveillé jusqu'à l'aube pendant que tu te reposes. Demain, tu chercheras un point d'eau pendant que je dormirai à mon tour. Une cité de cette taille ne peut pas avoir été bâtie sans eau à proximité. »

— Un puits, sans doute, murmura Réguine.

— Et s'il te prenait l'envie de chasser un oiseau spectral, cela nous serait d'une grande utilité.

— Je refuse catégoriquement de t'apporter la moindre assistance pour obtenir cette abomination, affirma-t-il avec détermination.

— Je ne te ferai aucun mal, Réguine, mentit-il. Tu n'es qu'un misérable soldat qui a suivi des ordres. Je le comprends désormais. La maison Octazi est mon seul ennemi. Si tu me captures un oiseau spectral, sans forcément lui donner la mort, je nous ferai sortir de là. Tu rejoindras ta famille et jamais plus nous ne nous reverrons.

Réguine le scruta d'un regard méfiant et perplexe. De nature méfiante, il ne se laissait manipuler que par les dieux eux-mêmes, ou plutôt par ceux qui prétendaient parler en leur nom.

« Je dois vider le félin avant qu'il ne pourrisse, grogna-t-il. Nous le mangerons demain au lever du jour. »

— Fait ! conclut Kléos en balayant le sujet d'un revers de la main.

Il se dirigea vers la colonne tandis que Réguine rejoignait son félin. Kléos devrait donc capturer l'oiseau spectral sans son aide. Il avait déjà pratiqué la chasse à dos de cheval, accompagné d'une meute de chiens, de rabatteurs et d'un fusil. Ici, la tâche s'annonçait difficile, voire impossible, mais avait-il vraiment le choix ?

2

Cakoon

Alinila

« Mon père ? Pas là, répondit l'enfant qui poireautait devant une masure. Ma mère a dit qu'il était sûrement parti avec une aut'femme. Moi j'pense qu'il est mort. »

Alinila se trouvait devant la maisonnette d'un des fossoyeurs qu'elle avait exécuté. Elle n'avait guère de temps à perdre avec ce mioche. Le petit devant elle semblait bien être le fils du plus vieux. Elle sortit une bourse de sa poche contenant le paiement final.

« Tiens ! Va donner ça à ta mère. »

Le jeune garçon n'avait que six ans à peine, mais dès qu'il prit la bourse, il comprit immédiatement son contenu. Jetant un regard rapide autour de lui, il la glissa dans son pantalon et s'enfuit en courant vers chez lui. Les quartiers pauvres de Cakoon étaient impitoyables pour les plus faibles, Alinila ne le savait que trop bien.

Voilà mes dettes payées, se dit-elle.

Plus tôt, elle avait offert à la mère du jeune fossoyeur une bourse identique. Toutefois, contrairement au petit, cette femme l'avait asséné de questions. « Pitié ! Où est mon fils ! mon fils ! » Avait-elle pleuré.

Alinila avait dû avouer la mort de ce dernier. Bien sûr, une vérité arrangée, travestie en acte héroïque.

« Alors que votre fils enterrait mon défunt mari, avait-elle menti. Des pilleurs de tombe, trop hâtifs, sont venus le dépouiller. Votre fils m'a courageusement défendu, mais hélas ! au péril de sa vie. Il est à présent enterré dans la parcelle noble du cimetière, je m'en suis moi-même chargé. »

Il est surprenant de constater comment l'orgueil peut adoucir la douleur de la perte. Surtout lorsqu'il est enrichi de quelques pierres d'or. Pourtant, même après avoir honoré sa promesse, Alinila ne trouva aucun soulagement dans ses remords. Le poids de la culpabilité, d'avoir ôté la vie à ces deux hommes, pesait sur elle tel un fardeau accroché à son cœur.

Cela me passera, se conforta-t-elle.

Elle rejoignit le château Félécie où devait l'attendre son apprenti, Wandal. À moins qu'il ait ouvert la porte menant au sous-sol, dans ce cas, il est fort probable qu'il soit parti avec sa famille vers des terres où les morts restent morts. Mais ce n'était pas uniquement pour lui qu'elle s'y rendait. Elle avait longuement ressassé sa petite expérience de la veille.

Et une petite interrogation concernant ces morts l'avait tenu éveillé durant une grande partie de la nuit : à quoi bon manger lorsqu'on est mort ?

Alinila avait émis plusieurs hypothèses à cela, mais l'une d'entre elles s'était révélée plus pertinente que les autres.

La conclusion était la suivante : si les morts devaient se nourrir de terre, ce n'était pas pour se nourrir eux-mêmes, mais pour nourrir la calligraphie qui les articulait. La calligraphie sur corps (comme sur toute autre matière) demande le sacrifice d'une certaine quantité du support sur lequel il est inscrit.

Pour une raison inconnue, lorsqu'il s'agissait d'un être vivant, qu'il soit humain, animal ou insecte, la créature tombe entièrement en cendre. Lorsqu'il s'agissait, au contraire, d'une matière sans vie ou presque (comme un végétal), ces derniers ne sacrifiaient qu'une partie de leurs matières en fonction de sa densité et de la calligraphie choisie.

Qu'il s'agisse d'un être vivant ou non, au terme des sept minutes imparties, la calligraphie se dissipait et emportait avec elle une partie du support.

Ainsi, si elle découvrait deux tas de cendres dans le sous-sol, cela donnerait à penser que, n'ayant plus trouvé de matière pour satisfaire les hiéroglyphes, ces derniers les auraient consumés.

En conclusion : Les éveillés contourneraient l'implacable loi des sept minutes grâce à la substance qu'ils consomment.

À l'inverse, si elle découvrait ses deux éveillés dans le même état que lorsqu'elle les avait quittés, alors, le mystère resterait entier.

Si seulement son employeur prenait contact avec elle. Elle désespérait de le revoir vite afin de lui soutirer ces informations et d'en finir d'un coup de pinceau.

Au cimetière, une averse la surprit sur le chemin menant au château Félécie. Alinila se protégea sous le capuchon de sa cape pourpre et accéléra le pas. Cependant, la pluie devint si intense qu'elle fut contrainte de quitter le sentier boueux pour se réfugier au pied d'un arbre mort.

Elle n'était plus très loin du domaine Félécie, à peine cinq minutes de marche, mais elle serait trempée jusqu'aux os comme la dernière des miséreuses avant d'y parvenir.

Elle attendit donc que l'averse s'adoucisse, à défaut de s'arrêter complètement. Mais loin de se calmer, l'averse semblait avoir trouvé son aise au-dessus de ce cimetière. Et comme cela ne suffisait pas, un éclair déchira le ciel dans un grondement sourd.

Voyant la situation s'aggraver, Alinila sortit le livre des golems qu'elle gardait sur elle. Elle l'avait étudié une partie de la nuit, mais n'avait pas encore pratiqué. La situation se prêtait parfaitement à cet exercice.

Elle souleva sa robe pour enjamber une racine et rejoindre une partie plate du tronc d'arbre. Elle feuilleta le livre jusqu'à la calligraphie intéressée. Cette dernière était appelée La "Possession du Traître".

Elle saisit son pinceau à spectre mauve et calligraphia en cercle quatre hiéroglyphes sur le bois : un oiseau dépourvu de tête, un cercle brisé dans sa verticalité, une étrange plante enveloppée de flammes et une créature tentaculaire transpercée par cinq aiguilles. Ces mystérieux dessins semblaient véritablement émaner d'un autre monde.

Une fois la calligraphie achevée, elle se retira sous la pluie et activa l'ensemble d'un simple mouvement de pensée. Les hiéroglyphes s'illuminèrent avec une intensité accrue. Alinila s'efforça de se représenter une figure imposante, empreinte de puissance et tenant en main un parapluie.

À peine avait-elle pensé à cela que l'événement se matérialisa ! Des écorces volèrent dans un crépitement boisé, et un morceau de l'arbre se détacha brusquement. C'était une jambe. Puis vinrent une seconde, un bras, et un autre qui, à son extrémité, arborait une large coupole. La tête se libéra de l'arbre, suivie du tronc portant la calligraphie du golem. Un violent orage accompagna cette naissance spectrale.

Le géant de bois considéra son propre corps et ses membres désordonnés. Il se toucha le buste et le visage, puis, lorsqu'il vit Alinila, se figea. Certes, il n'avait ni yeux, ni bouche, ni aucun autre moyen d'exprimer une quelconque émotion, mais Alinila vit dans son attitude une certaine incompréhension.

Un nouvel éclair le surprit et le géant de bois s'affaissa de peur, puis se blottit contre l'arbre dont il venait de sortir. S'il était magnifique par sa robuste taille, son attitude tourmentée déçut Alinila.

Aurais-je raté quelque chose ? Se demanda-t-elle.

Elle ignorait que les golems pouvaient posséder leur propre personnalité, et dans ce cas précis, il semblait être doté d'une nature peureuse. À quoi pourrait-il bien lui servir en cas de danger ? Elle soupira de frustration avant de s'approcher de lui. Relevant légèrement sa robe, elle s'accroupit devant sa création et posa une main amicale sur sa joue.

« N'aie crainte, lui murmura-t-elle. Je suis ta maîtresse. Accomplis ta mission et je te libérerai de tes peurs. »

Le golem ne réagit pas immédiatement. Puis, lentement, il posa sa main dénuée de doigts sur la poitrine d'Alinila, avant de la reporter sur la sienne.

« Oui, c'est ça. Sourit-elle. Toi et moi, nous sommes ensemble. »

Elle se leva et rejoignit l'averse. Le Golem, encore hésitant, se leva à son tour et glissa respectueusement la coupole au-dessus de la tête de sa maîtresse pour la protéger de la pluie.

« Merci, dit-elle, satisfaite. Suis-moi à présent. »

Arrivée au domaine Félécie, Alinila s'arrêta sur le pont de pierre tandis que son golem piétinait dans l'eau agitée du petit ruisseau. D'ici, les vestiges couverts de stèles sous la pluie offraient un spectacle des plus sinistres.

« Je continuerai seul. Tu peux disparaître. »

Il la regardait d'un visage sans yeux. D'un mouvement de pensée, Alinila supprima le lien calligraphique. Son buste tomba en cendres et ses membres devinrent des morceaux de bois emportés par le ruisseau agité. Il était inutile d'effrayer les nouveaux pensionnaires du château avec une telle chose.

Alors qu'elle franchissait le couloir béant du château Félicie, Alinila aperçut Ana, accompagnée de sa fille. Toutes deux s'affairaient à balayer les feuilles mortes à l'aide de balais rudimentaires confectionnés à partir de bâtons et de brindilles. Ana avait soigneusement enveloppé son nourrisson contre son dos, où il reposait paisiblement, bercé par les mouvements maternels. Ana suspendit son labeur dès qu'elle remarqua la présence d'Alinila.

« Bonjour ! » Salua Ana.

— Bonjour. Répondit Alinila en les rejoignant. Où est ton mari ?

— Parti chercher de quoi manger, il ne devrait plus tarder à présent.

Alinila jeta un œil à l'escalier principal et vit l'accès menant au sous-sol obstrué par des morceaux de bois.

« Vous n'avez rencontré aucun ennui ? » Demanda-t-elle.

— Aucun. Wandal a condamné le sous-sol comme vous l'aviez souhaité.

— Très bien.

Dans l'une des pièces adjacentes, Alinila remarqua qu'un feu crépitait dans l'âtre d'une cheminée. Elle entra. Devant le foyer, des troncs d'arbres coupés en petites sections faisaient office de tabourets.

Elle ôta sa cape détrempée et la suspendit près de la cheminée. S'installant ensuite sur l'un des tabourets, elle se réchauffa le visage et les mains devant le feu bienvenu.

« Je suis profondément navré de ne rien pouvoir vous proposer à manger, se désola Ana. C'est indigne de vous accueillir de cette manière. »

— Ce n'est rien. Je ne suis pas venu me restaurer. Ce feu fera office d'offrande.

Le bébé qu'Ana portait sur son dos se mit à pleurer. Ana le libéra de ses tissus et lui donna le sein tout en prenant place sur un tabouret, à côté d'Alinila.

« Qui êtes-vous ? » Demanda Ana après que le bébé émit un soupir de soulagement en tétant.

— Je suis une calligraphe, c'est tout ce dont vous avez besoin de savoir à mon sujet.

— Pourrais-je au moins connaître votre nom ?

— Non, hélas.

Ana garda le sourire et se terra dans la contemplation du feu. La fillette rejoignit sa mère et lui prit le bras dans les siens, tout en regardant Alinila d'un air timide.

— Ta fille était avec toi, dans le bordel ?

— Elle s'appelle Aléssia. Elle n'est pas réellement ma fille. Elle était dans la maison close bien avant mon arrivée.

— Et le bébé ?

— C'est un garçon, Madra. Je l'ai mis au monde. Nos maîtres voulaient le vendre. C'est ce qui nous a poussés à fuir.

— Wandal est-il le père de ce Madra ?

— Non, je ne sais pas qui est le père… et je m'en soucie peu. Wandal, lui… il est le père qu'il lui faut.

Alinila la toisa d'un air sceptique.

« Je sais ce que vous vous dites, reprit Ana. Il est si jeune et moi si vieille, mais jamais je n'ai vu un homme plus sage que lui. Il est intelligent, altruiste et bienveillant. Et après tout ce qu'il a enduré dans sa… »

— Tu étais une sœur des signes ? L'interrompit Alinila.

Ana perdit son sourire.

« Vous dites ça à cause de mon prénom ? »

— Entre autres, mais aussi parce que tu ne parles pas comme une vulgaire prostituée. Tu sembles avoir reçu une éducation.

Elle hocha tristement la tête. Alinila se demanda comment une sœur des signes pouvait passer de temple à bordel. Néanmoins, elle se garda de lui poser la question. Ana ne semblait pas se réjouir d'un tel parcours.

Une fois ses mains suffisamment réchauffées, Alinila se retira pour rejoindre la cave. Wandal avait barricadé l'entrée avec un rondin de bois, soigneusement calé entre la porte et le plancher. Le rondin était si solidement enfoncé que c'est Ana qui réussit à libérer la porte, utilisant son balai qu'elle avait transformé en pied-de-biche pour l'occasion.

« Ne descends pas. » Ordonna Alinila en refermant la porte derrière elle.

Au bas de l'escalier, Alinila prit son pinceau céleste à spectre azur qu'elle fit briller de toute son intensité. Un tas de cendres gisait au sol. Ce n'était pas les restes d'un éveillé, mais les restes de la poutre humide dont elle s'était servie pour y calligraphier le feu du juste. À première vue, il n'y avait personne ici. Aucune silhouette ni aucun bruit de pas.

Tout en pointant la lueur de son pinceau vers le sol, Alinila se mit en quête du monticule de cendres. Le tas d'excréments avait disparu, plus rien ne traînait au sol si ce n'est quelques cailloux.

Au fond de la petite pièce, elle découvrit une étroite fissure entre deux immenses blocs de pierre, un passage dont Alinila n'avait aucun souvenir. Des traces de terre sur les parois suggéraient que les éveillés avaient creusé ce passage en consommant la terre qui s'y trouvait.

Elle tendit le spectre un peu plus loin pour tenter d'entrevoir les limites de la fissure, mais malheureusement, elle ne vit qu'un prolongement sans fin. Qu'à cela ne tienne, elle se risqua à s'y glisser, faisant de petits pas latéraux. La fissure se resserrait à mesure qu'elle avançait, et Alinila n'eut d'autre choix que de salir sa robe en s'appuyant sur les parois pour avancer.

L'étroitesse de la faille se fit de plus en plus sentir, au point qu'elle dut s'arrêter pour reprendre son souffle. Contrairement aux deux éveillés, Alinila possédait une forte poitrine. Elle poursuivit tout en expirant l'air de ses poumons pour enfin arriver au bout de cet étroit passage. Ainsi, elle se trouva dans une autre partie du sous-sol.

Cette pièce semblait plus vaste que la précédente. Malgré la lueur du spectre, Alinila ne parvenait pas à en discerner clairement les contours. Le plafond était voûté, fait de pierre rouge. L'entrée originelle de cette partie du sous-sol était bloquée par des décombres et des poutres. Mis à part cela, l'effondrement du château n'avait causé ici que de maigres dégâts.

C'est la robe maculée de terre qu'Alinila inspecta les lieux à la recherche des cendres de ses éveillés. Elle tomba sur une table en bois massif recouverte d'une pellicule de poussière blanche. Un calice en argent était posé dessus, étoffé de quelques toiles d'araignées.

Plus loin, le halo spectral d'Alinila éclaira une rangée de tonneaux empilés les uns sur les autres. Elle tapota l'un d'entre eux, le son révéla qu'il était rempli d'un liquide, probablement du vin. Elle fit de même pour les autres tout en continuant son inspection.

Ces derniers ne l'intéressaient guère. Le liquide écarlate était prohibé dans tout l'empire au profit du nectar d'atrimel jugé plus noble. Néanmoins, le vin intéressait fortement les contrebandiers qui payaient le prix fort pour s'en procurer.

À l'extrémité de cette rangée, un groupe de tonneaux était éloigné du mur. Ils étaient dépourvus de fond. Des tonneaux factices, conçus pour dissimuler quelque chose. En l'occurrence, une porte en métal totalement ouverte, donnant sur une petite pièce. Alinila n'hésita pas une seconde et s'y engouffra.

Chaque château renfermait ses trésors. Malheureusement pour elle, s'il y avait eu des trésors, il n'en restait plus trace. Les étagères le long des murs étaient vides, et une table au centre ne présentait qu'une statuette en bois représentant une femme couchée. Sans grand intérêt.

Au premier coup d'œil, il ne semblait rien y avoir ici. Les Félécie avaient probablement pris soin de protéger leur trésor avant leur propre sécurité. À moins qu'ils n'aient été dépouillés par l'ancien consul.

Elle s'apprêtait à partir lorsqu'elle vit sur le mur du fond une chose étrange. Elle s'en approcha prudemment en maintenant le spectre devant elle. Elle découvrit un couloir d'une conception des plus macabres. Une tête humaine en ornait le linteau fait de jambes et de bras alors que le contour était fait d'os et de viscères.

« Par le Roi-Dieu, murmura Alinila. »

Elle reconnut le second cadavre, celui qui avait accompagné le mendiant qu'elle avait invité. L'éveillé qui détenait le spectre mauve s'était apparemment servi de sa propre progéniture pour créer ce couloir et s'échapper.

Mais comment a-t-il fait cela ? Se demanda-t-elle.

Alinila s'approcha du seuil du tunnel et tenta d'apercevoir quelque chose, mais elle ne distingua rien d'autre que les ténèbres. Une odeur familière envahissait le couloir : l'odeur inoubliable de la mort. L'éveillé était retourné parmi les siens.

L'idée d'explorer plus avant lui effleura l'esprit, mais elle se retint, estimant que cela ne la concernait plus désormais. Ce qu'elle avait découvert la dépassait complètement. Le seul capable de lui fournir des réponses était son commanditaire. Toute autre tentative de recherche ne ferait qu'ajouter des questions supplémentaires.

Elle sortit de cette pièce secrète et ferma la lourde porte de métal. Une clé en cuivre se trouvait toujours insérée dans la serrure. Elle scella la porte et l'obstrua en poussant les tonneaux creux contre celle-ci.

« Madame ? Vous êtes là ? »

Ce fut Wandal qui se débattait pour passer la faille, tout en tenant une torche dans sa main.

— Ne t'avais-je pas formellement interdit de descendre ?

— Je vous ai appelé, mais vous ne répondiez pas. Que fait cette salle ici ?

Il parvint à se tirer de la fissure et faillit tomber. Le sous-sol devint entièrement visible grâce à la torche qu'il avait apportée. D'autres tonneaux étaient rangés le long du mur opposé. Il semblait s'agir d'une cave à vin. Wandal eut le même instinct qu'Alinila et tapota le premier tonneau à sa portée.

« C'est du vin ? » Demanda-t-il.

— Je pense.

— Le vin est interdit.

— Les Félécie et leur subversion, murmura-t-elle. Tu n'avais jamais remarqué cette fissure auparavant, n'est-ce pas ?

— Non. Je ne suis jamais allé plus loin qu'en bas des marches. Sauf quand vous m'avez demandé d'emmener les deux corps ici…

— Je vois. Partons d'ici, il n'y a rien.

Elle se faufila à nouveau à travers la faille bon gré mal gré et rejoignit le rez-de-chaussée. Ana et Aléssia les attendaient dans le salon. Découpant des légumes au-dessus d'une marmite tandis que l'autre y versait de l'eau.

« Nous vous préparons une soupe. » Dit Ana.

— Sa robe est toute sale, maman Ana, constata la jeune Aléssia.

En effet, la robe d'Alinila était dans un état pitoyable. Elle s'essuya avec un mouchoir pour en limiter la souillure, puis elle prit sa cape qu'elle enfila sur son dos.

« Où allez-vous ? » Demanda Wandal.

— Je rentre.

— Je pensais que vous m'apprendriez à devenir un vrai calligraphe.

Elle avait oublié ce détail. Le couloir qu'avait créé son éveillé avait fait passer la formation de Wandal au second plan. Un éclair éclata dehors et les volets de fortune fixés aux fenêtres peinaient à contenir le vent violent qui s'engouffrait par leurs interstices. Cela lui rappela que l'averse ne s'était pas estompée.

« Bien ! » Dit-elle.

Elle retira sa cape et sortit un pinceau céleste au manche de cuivre qu'elle tendit à Wandal.

« Commençons. »

— Je peux le garder ? Demanda-t-il.

— Si tu veux devenir calligraphe, c'est préférable. Mais je t'avertis d'une chose : les pinceaux célestes sont onéreux. Si tu le perds ou le vends, ta formation s'achève. Est-ce clair ?

— Oui, Madame.

— La tradition voudrait que tu m'appelles détentrice ou préceptrice. Mais ne perdons pas de temps avec ces choses-là. Je t'en prie, montre-moi ce que tu sais faire.

Wandal adopta une pose cérémoniale, semblable à celles qu'il avait l'habitude d'adopter dans ses performances à la maison close. Les jambes écartées, une main levée au-dessus de sa tête tandis que l'autre reposait sous son menton, il s'apprêtait à entamer une danse lorsqu'Alinila le coupa dans son élan :

« Non, non, non. Épargne-moi tes galipettes. Viens-en au fait. La calligraphie n'est pas une danse. »

Wandal acquiesça. Il prit une profonde respiration et calligraphia quatre idéogrammes. Il ne put s'empêcher toutefois d'y ajouter quelques pas de danse au passage. Son style calligraphique était très beau, mais cela ne changeait rien à la réalisation de la calligraphie. Il manquait des traits dans au moins deux idéogrammes sur quatre. De plus, les quatre idéogrammes qu'il semblait vouloir assembler n'étaient nullement compatibles.

La petite Aléssia applaudit, aussitôt accompagnée d'Ana. Il n'y avait vraiment pas de quoi.

« Je vois, dit Alinila. Il te reste tout à apprendre. »

Elle sortit son propre pinceau et dessina un trait horizontal.

« La calligraphie azur possède à ce jour un répertoire de 392 idéogrammes. » Déclara-t-elle en écrivant le chiffre au-dessus de la ligne.

« Ces idéogrammes peuvent être décomposés en deux groupes. Les logogrammes en compte 280 et les syllabaires, 112. »

Elle calligraphia les nombres, puis quelques exemples sous chacun d'entre eux pour qu'il puisse les différencier, à défaut de les apprendre.

« Les logogrammes peuvent être divisés en trois sous-groupes également, mais nous n'allons pas nous attarder là-dessus pour le moment. Ces derniers ne sont utilisés que pour la calligraphie volante. La calligraphie sur papier n'utilise quant à elle que les syllabaires. »

Voyant Wandal se perdre dans ses explications, elle décida de faire simple.

« Ce qu'il te faut savoir au sujet de la calligraphie, c'est qu'elle ne peut être lue. Il ne s'agit pas d'une écriture avec laquelle on peut communiquer. Vois plutôt la chose comme…, une série de valeurs diverses qu'on additionne les unes aux autres et auxquelles on ajoute nos désirs afin de donner un ensemble cohérent. »

— Comme l'algèbre ?

Alinila fut étonnée de l'entendre dire ce mot. Il n'était pas aussi ignare que robuste en fin de compte.

« En effet. L'algèbre est ce qui se rapproche le plus. Mais la calligraphie est bien plus complexe et bien plus merveilleuse. Quoi qu'il en soit, certains idéogrammes ne peuvent être assemblés à d'autres. Peux-tu additionner le poids d'un cheval avec l'intensité d'une lumière ou la chaleur d'une flamme ? »

— Non, on ne peut pas.

— Ce que tu as calligraphié ressemblait à cela pourtant.

Elle transforma le tableau en une vapeur azurée qui s'éleva doucement devant elle, avant de calligraphier deux idéogrammes avec une grâce méticuleuse.

« Cette calligraphie s'appelle : le Corps du Juste. Reproduis-la, je te prie. »

Wandal calligraphia minutieusement la calligraphie tout en prenant compte de l'inversion du modèle qui lui paraissait opposé. Ce garçon était futé. Il n'a pas commis la plus célèbre erreur des apprentis-calligraphes.

« Que sais-tu faire à part danser ? » Demanda Alinila en le rejoignant pour faire face à sa calligraphie.

— Heuuu… Je sais me battre.

— Non, je parlais d'art.

— Je joue de la flûte.

— De la musique ! C'est très bien. Alors, imagine cet ensemble d'idéogrammes comme une partition de musique qui produiront ensemble le même effet qu'une symphonie. Il faut imaginer la calligraphie comme une sensation, une émotion. Concentre-toi là-dessus et laisse opérer ta calligraphie.

— Et si j'échoue ?

— Cet exercice ne nécessite que peu de concentration. C'est un passage obligatoire à tout novice qui souhaite connaître son potentiel. Si tu échoues, c'est que tu n'es pas un calligraphe actif, mais un inerte. Alors, je reprendrais le spectre et jamais plus tu ne me reverras.

Wandal souffla, puis se concentra longuement sur sa calligraphie. Les deux idéogrammes se mêlèrent lentement pour donner forme à une bouillie visqueuse qui coula lentement sur le plancher. La bouillie semblait remplir un récipient invisible aux formes étranges.

Cependant, peu à peu, des jambes, un ventre, des mains et enfin, une tête apeurée se dessinaient. La bouillie d'azur avait donné forme à une statue représentant le jeune Wandal. Assis par terre, les mains tendues devant lui, il semblait se protéger d'un danger imminent.

« Qu'est-ce que ça veut dire ? » S'inquiéta-t-il.

— Cela veut dire que tu es un calligraphe actif, Wandal.

— Mais…, mais pourquoi je suis comme ça ?

Alinila fit de même avec sa calligraphie. Cette fois-ci, on y voyait la réplique d'Alinila, agenouillée, l'échine courbée et les mains qui lui recouvraient le visage.

« Cette calligraphie représente le reflet de nos émotions, renseigna-t-elle. Tu sembles effrayé, mon jeune Wandal. »

— J'ai peur… J'ai toujours peur… je crois… Et vous, qu'avez-vous ?

— Moi ? Il semblerait que je pleure, encore.

Elle fit fumer sa statue azur d'un revers de la main.

« Bien ! À présent, je vais t'aider à trouver l'imaginaire adéquat à ta calligraphie… »

3

Mont Nirû
Éla

La sœur des arcanes avait invité Éla dans sa loge après la prière de l'aube. Éla se tenait agenouillée devant elle, les mains posées sur ses jambes. La vieille sœur, également agenouillée, traça sur un petit bout de papier les idéogrammes de l'embrasement du Juste qu'elle déposa ensuite dans une théière en céramique. Des flammes bleues jaillirent du bec de la théière dans un bouillonnement troublant.

La sœur supérieure était une calligraphe très respectée dans l'ordre des signes. Respecté par sa puissance, mais également par son sang impérial. On pouvait difficilement imaginer que cette vieille et maigre femme austère était la cousine directe de l'empereur actuel de Galdine et petite fille de l'empereur Nefchet V. On dit même qu'elle aurait assisté à la mystérieuse mort de ce dernier.

La sœur des arcanes ouvrit quelques récipients en terre cuite pour prélever une poignée de pétales blancs, une pincée d'épices, et quelques feuilles de thé. Avec une précision cérémonieuse, elle disposa chaque ingrédient dans trois coupelles en bois placées autour de la théière. Ses gestes étaient mesurés, dénués de toute hâte ou d'imprécision. Éla observait ce rituel avec une attention soutenue.

C'était une première pour elle que de partager une tasse de thé avec la sœur supérieure, tout comme c'était une première pour elle de franchir le seuil de la cellule de la sœur suprême. À sa grande surprise, elle remarqua peu de différences entre sa propre cellule et celle-ci, si ce n'est la présence de centaines de parchemins qui remplissaient les niches d'un mur. Le seul confort dont elle jouissait ici était un épais tapis circulaire sur lequel les deux étaient assises.

Tandis que les ingrédients infusaient, Éla regarda la sœur des arcanes qui avait les yeux rivés sur la préparation du thé blanc. Ses paupières étaient si basses que l'espace d'un instant, Éla la crut assoupie. Cette impression s'évapora lorsque la sœur suprême leva des yeux gris sur elle. Éla baissa aussitôt le regard pour observer ses mains gantées aplaties sur ses genoux.

Après avoir préparé le thé blanc, elle le versa dans trois tasses distinctes. Elle écarta la première tasse, la jugeant impure, puis tendit la seconde à Éla, qui manifesta une légère hésitation face au liquide fumant.

« Qu'y a-t-il, sœur Éla ? » Demanda la sœur des arcanes après avoir remarqué sa réserve.

— La sœur d'éveil Ika m'a soumise au jeûne pour avoir manqué la prière de l'aube.

— Je vois. Ce thé ne brisera pas ton jeûne. Tu peux le boire.

— Oui, sœur des arcanes, merci.

Le breuvage était brûlant, mais délicieux. Éla n'avait avalé que de l'eau froide depuis plus d'une journée. Après cette tasse de thé blanc, il était certain qu'elle se contenterait encore d'eau froide pour une journée et une nuit supplémentaires.

« Qu'as-tu à me dire sur ta première journée au côté de la sœur docte Oko ? » Questionna la sœur supérieure.

Éla raconta ce qu'elle avait découvert avec "sœur" Oko, sans dévoiler le terrible secret de ce dernier. Elle pesait chacun de ses mots pour éviter que sa langue ne fourche. C'était une question de vie ou de mort.

« Ainsi, tu as touché le métal incrusté, releva la sœur des arcanes. Alors même qu'il est interdit à toute autre sœur que la sœur docte. »

— Pardonnez mon erreur, j'ai eu tort, je le sais…

— Ce n'était pas une erreur. Ceci était la volonté du Roi-Dieu et grâce à lui, nous pouvons inscrire un nouveau signe dans le livre du mont Nirû. Cela n'était pas arrivé depuis des années.

Éla ne put retenir un sourire de fierté qu'elle dissimula aussitôt derrière sa tasse de thé.

« Sœur Ika m'a parlé de ton talent de calligraphe, reprit la sœur des arcanes. Tu es une briseuse. Un don des plus rares. Que le Roi-Dieu soit loué. »

— Qu'il accepte mes louanges, murmura timidement Éla. Mais ce don n'équivaut en rien celui du spectre bleu.

— Détrompe-toi ! Même la plus grande des calligraphies peut être détruite par le simple trait d'un calligraphe écarlate. Les loges de Galdine tueraient pour avoir une calligraphe telle que toi.

Éla inclina la tête en signe de remerciement pour cet éloge. Mais elle n'était pas à Galdine et elle n'appartiendrait jamais à une loge. Ainsi, son don était aussi inefficace qu'un cheval de guerre en plein océan de paix.

« Qu'a pensé la sœur docte de cette empreinte rouge sur le métal incrusté ? » Demanda la vieille sœur.

Il avait explosé de joie, se rappela-t-elle.

— Elle… elle ne m'a pas parlé. Elle est restée dans son mutisme.

Oko avait été clair. Oko ne parle à personne, Oko ne sourit pas et Oko ne pleure pas. Éla ne devait jamais dévoiler leurs discussions sous peine de prendre le risque d'être découverte. La meilleure chose à faire était de ne rien dire sur lui.

« Bien évidemment, puisqu'elle a fait vœu de silence, rétorqua la sœur supérieure. Je souhaitais que tu m'apportes tes impressions sur sa réaction. Comment a-t-elle réagi en voyant la lueur rouge ? A-t-elle paru surprise ou contrariée ? »

Avec tous ces événements, Éla avait oublié la véritable raison de sa présence auprès d'Oko. La sœur des arcanes soupçonnait Oko de dissimuler des informations sur le métal incrusté.

« Surprise, elle m'a paru surprise. »

Elle porta la tasse à ses lèvres et prit une longue gorgée, suivie par la sœur supérieure. Ensemble, elles observèrent un moment de silence.

« Je suis remplie de confiance, déclara la sœur des arcanes. Le Roi-Dieu t'a guidé jusqu'ici et m'a inspirée à te diriger vers le métal incrusté. Je suis désormais persuadée qu'il veille sur toi. Cela démontre qu'il ne t'a pas abandonné, contrairement à sœur Ika. »

— Ma sœur Ika ! je l'ai beaucoup déçue. C'est moi qui suis responsable, avoua-t-elle.

— J'ai imploré sœur Ika de te pardonner et de laisser le passé derrière vous. Mais au lieu de cela, elle a nourri de la rancune envers toi, soupira-t-elle. Je regrette seulement qu'elle ait évoqué tes mains devant les autres sœurs. Les choses auraient été bien plus simples pour toi si elle avait gardé le secret.

— C'est elle qui a parlé aux autres sœurs de mes mains ? demanda-t-elle, abasourdie.

— Ne blâme pas la faiblesse de ta sœur. Elle s'améliorera, si tu lui en donnes le temps.

Elle acquiesça tristement. Cette révélation l'avait frappée en plein cœur, laissant une sensation de vide et de trahison. C'était si inattendu que son menton trembla lorsqu'elle porta la tasse de thé à ses lèvres. Elle savait que sa sœur lui en voulait pour leur exil dans le sud, mais révéler ouvertement aux autres sœurs les raisons de sa disgrâce semblait incompréhensible. Pourquoi avoir agi ainsi ? Pourquoi l'avoir suivie jusqu'au mont Nirû pour ensuite la mépriser à ce point ?

« Soutien Oko dans ses recherches, reprit la sœur des arcanes. Et tiens-moi au courant de toute avancée. »

— Je le ferais, sœur des arcanes. Sous le regard du Roi-Dieu, je vous le jure.

— Bien, tu peux disposer, conclut-elle.

— Merci, sœur des arcanes Ola.

Elle finit son thé brûlant d'une grosse gorgée, puis se leva tout en s'inclinant devant la vieille dame qui aspirait lentement son breuvage.

« Sœur Éla ! interpella la sœur des arcanes avant qu'elle ne sorte. Cette nuit, j'ai rêvé d'un bel homme au cheveu d'or. »

Éla ne put s'empêcher de penser qu'il s'agissait peut-être d'Oko. Mais comme dans tous les rêves des sœurs du signe, les hommes n'étaient que les manifestations du Roi-Dieu.

— Il s'agit du Roi-Dieu, affirma Éla.

— Assurément, il n'y a aucun doute à ce sujet. Nous célébrerons la cérémonie du mariage dans sept nuits.

Éla feignit un sourire puis sortit. Elle détestait la cérémonie du mariage.

Oko lui avait donné rendez-vous à l'extérieur de la montagne. Enfin, elle aurait l'opportunité de contempler de ses propres yeux le métal incrusté, tel qu'il était représenté dans les peintures.

Cependant, il était nécessaire de se vêtir chaudement. Elle se dirigea donc vers sa cellule pour récupérer son manteau. La plupart des sœurs des signes étaient parties travailler, laissant les couloirs aussi déserts que silencieux.

C'est alors qu'elle fut surprise par la nouvelle sœur des signes qui sortait tout juste de sa propre cellule. D'une petite taille, elle avait des cheveux noirs aux mille reflets, qui s'échappaient maladroitement du foulard qu'elle portait.

« Bonjour, ma sœur. » Salua la très jeune fille.

— Bonjour…, sœur Ifu ? C'est bien ça ?

— Oui, c'est tout à fait ça ! rit-elle. Et toi, tu es sœur Éla.

— On t'a déjà parlé de moi, répliqua Éla, son visage s'assombrissant légèrement.

— Oui, on m'a conseillé de me tenir à distance de toi à cause de tes mains, car elles étaient impures, tout comme toi.

Éla pensa de nouveau à sa sœur Ikanne. Peut-être était-ce elle qui lui avait dit cela. Elle lui adressa un sourire amer, puis s'en alla. Sœur Ifu la rattrapa et passa son bras autour du sien pour l'accompagner dans sa marche.

« On m'a également dit que tu étais une calligraphe écarlate, dit-elle d'un ton enjoué. Est-ce vrai ? »

— Oui, fit-elle surprise. C'est vrai.

— Oh ! peux-tu me montrer ton spectre rouge s'il te plaît ? Je n'en ai jamais vu.

Éla la fixa avec un regard intrigué avant de s'interrompre et de dévoiler le pendentif écarlate qu'elle dissimulait sous son col. En voyant les grands yeux émerveillés de sa jeune sœur, elle fit scintiller le spectre, traçant de gracieux mouvements dans l'air. Sœur Ifu semblait ensorcelée, ce qui déclencha un rire chaleureux chez Éla.

« Tu as de la chance, chanta sœur Ifu. C'est si rare ! Est-ce vrai que la sœur des arcanes est aussi une calligraphe ? »

— Oui, mais elle utilise le spectre bleu.

— On m'a dit que tu travaillais sur le métal incrusté, c'est comment ?

— Je travaille dessus depuis peu. Je peux te dire qu'il est beau et noir. En fait, il s'agit plutôt d'un rouge très sombre, il faut s'en approcher pour voir cette teinte. C'est parce que le métal incrusté est fait de spectre rouge. J'ai découvert cela hier.

— De spectre rouge ? Je peux le voir ?

— Je m'y rendais justement… mais…, tu n'as pas le droit de venir malheureusement. Il faut l'autorisation de la sœur des Arcanes. Je suis désolé.

— Ce n'est rien, je t'accompagne jusqu'à la sortie du temple. De toute façon, je n'ai pas le droit de sortir. Je ne suis pas encore tout à fait une sœur des signes.

Elles discutèrent ensemble jusqu'à la porte du temple et s'attardèrent devant celle-ci avant de se serrer dans une étreinte chaleureuse pour se dire au revoir.

Éla ressentit une profonde joie d'avoir enfin trouvé une amie, aussi jeune soit-elle. Cependant, même cette amitié nouvelle ne parvenait pas à apaiser l'immense tristesse causée par la trahison de sa sœur Ikanne.

Dehors, la faible lueur d'une étoile scintillant à l'horizon d'un ciel blême accueillit Éla. Il ne s'agissait pas d'une simple étoile, mais du monde de Fazem, s'approchant inexorablement de Panem.

Dans la fraîcheur matinale, Éla laissa échapper un soupir qui se transforma en vapeur alors qu'elle se frictionnait les bras. Puis, elle s'engagea sur le sentier menant à la partie extérieure du métal incrusté.

Elle gravit un étroit escalier accidenté, alternant entre des pentes abruptes et des marches taillées grossièrement dans la roche, le tout étant flanqué entre deux parois rocheuses à l'allure instable.

Après cette ascension épuisante, elle parvint enfin à l'objet tant décrit dans le livre du mont Nirû : le métal incrusté. Tel qu'Oko l'avait décrit, c'était un long cylindre de fer enfoncé dans le flanc du mont Nirû.

Incliné légèrement, le cylindre pointait vers le ciel. Pas étonnant qu'Oko puisse envisager qu'il vienne de Fazem. Mais comment un navire de fer aussi imposant aurait-il pu provenir de ce monde sans même une voile ? Cela défiait toute logique. Il semblait plus rationnel de penser que ce fut le Roi-Dieu lui-même qui, du haut de son trône, avait lancé cet objet contre le mont Nirû.

« Tu en as mis du temps. » Reprocha Oko en contournant le cylindre.

Il avait une petite pioche en main et un sac de cailloux qu'il déversa sur un tas de pierres.

— Je discutais avec la sœur des arcanes, se justifia-t-elle.

— Qu'est-ce que tu lui as dit ?

— La vérité : que le métal incrusté était fait de spectre rouge.

— Et comment a-t-elle réagi ?

— En me posant la même question à ton sujet, soupira Éla.

Oko jeta la pioche et se dirigea vers elle. Il racla sa gorge, cracha par terre, s'essuya le visage couvert de poussière et prit de grandes gorgées dans une gourde.

« Qu'allons-nous faire à présent ? » Demanda-t-elle en reculant pour prendre ses distances avec ce rustre.

— Le spectre rouge qui compose le métal incrusté empêche la calligraphie bleue de s'y installer. Donc, tu toucheras le spectre sur tout le contour pour trouver un endroit où le métal n'est que métal.

Elle considéra le cylindre dans son ensemble. Il était haut d'une demi-douzaine de mètres et long d'une vingtaine. Cela allait être terriblement long de poser sa peau sur toute cette surface froide. Mais avait-elle autre chose à faire ? Sans plus attendre, elle s'attela à la tâche.

Le métal était très froid et elle s'épuisait à poser son avant-bras nu sur chaque centimètre de ce cylindre. Oko lui avait suggéré d'enlever ses gants pour travailler plus efficacement, mais elle se refusait à un tel affront. Ses mains ne devaient jamais toucher le signe du Roi-Dieu.

Lorsque la partie inférieure fut entièrement touchée, Oko plaça une échelle en bois contre le cylindre. Le regard anxieux d'Éla trahissait son appréhension.

« Éla, monte ! » pressa Oko, lorsqu'il atteignit le sommet du cylindre.

Éla avait été terrifiée en redescendant les escaliers de la grande grotte. Elle s'était jurée de ne plus jamais recommencer, et voilà qu'à présent, il lui demandait de grimper sur le dos d'un prétendu navire volant. C'était de la folie, mais elle devait en finir une bonne fois pour toutes. Elle saisit fermement l'échelle et commença à monter.

Une fois arrivé en haut, il lui tendit la main, mais elle déclina son offre en franchissant elle-même le bord. Au-dessus du métal incrusté, le sol était parfaitement plat. Ainsi, le cylindre n'était pas tout à fait cylindrique.

Néanmoins, le sol de métal rouge-noir était trop incliné à son goût. Il était hors de question pour elle de se tenir debout comme le faisait Oko, qui gardait une allure étrangement penchée. Préférant éviter cette position, elle opta pour rester accroupie.

« Tu as le vertige ? » Demanda-t-il.

— Cela se voit tant que ça ?

— Nous ferons vite, dans ce cas. Touche le sol sous tes pieds !

Elle posa son avant-bras au sol. Lorsqu'Éla se releva, Oko se baissa et joignit les mains autour pour couvrir d'ombre la pâle lueur du spectre rouge.

« Là aussi ! » Dit-il.

Ils répétèrent la même opération sur une partie de la surface supérieure du cylindre. Avec une précision méthodique, Éla étala la peau de son avant-bras tous les vingt centimètres suivant un ordre précis. Chaque mouvement était calculé, chaque geste mesuré.

« Tout le navire est fait de spectre rouge, s'impatienta Éla après s'être relevée une énième fois pour permettre à Oko d'observer la marque rouge. Je ne sens même plus mes bras. »

— Désolé. C'est comme ça que les sœurs doctes procèdent. Elles approfondissent toute découverte.

— Mais tu n'es pas une sœur docte, rétorqua-t-elle. Ni même une sœur. Tu n'es même pas une femme.

Oko ne répondit pas. Il s'allongea sur le côté et sortit un sac de cuir contenant des pétales séchés de fleurs des montagnes. Éla prit place un peu plus bas, là où le métal incrusté s'enfonçait dans la roche. S'adossant à la paroi rocheuse, elle ramena ses genoux vers sa poitrine, posant son menton sur ces derniers.

« Tu en veux ? » Proposa-t-il.

Elle secoua la tête. Son ventre se mit à gargouiller.

« J'avais oublié que tu jeûnais. Tu peux manger avec moi. Ça restera entre nous. »

Il secoua le sac de pétales en sa direction, mais elle détourna le regard. Elle ne voulait plus être avec lui. Épuisée de tout cela, du temple, de sa mission, du comportement de sa sœur Ikanne, elle ne désirait qu'une chose à cet instant : disparaître, disparaître entièrement de ce monde.

« Je te regardais souvent avant, confia Oko. En règle générale, je ne regarde aucune sœur. Pour moi, elles sont toutes comparables à des ombres. Mais toi, tu attirais mon attention. Et jusqu'à aujourd'hui, j'ignorais pourquoi. »

Elle leva les yeux sur lui.

« Tu m'intriguais. Et sais-tu pourquoi ? »

Elle haussa les épaules.

« Tu es la plus triste. »

— J'ai mes raisons, lâcha-t-elle.

— Oui, je sais. Ta petite mésaventure à Galdine est venue jusqu'à mes oreilles. Il m'arrive d'écouter des discussions. Mais ta tristesse ne vient pas de là.

— Tu penses me connaître mieux que je ne me connais ?

— Oui, je le pense. Toi et moi, nous sommes pareils. Mis à part le fait que je suis un peu plus futé que toi.

— Oh ! Je suis curieuse de connaître le sage avis d'un homme qui se déguise en femme pour pénétrer l'ordre des signes, répliqua-t-elle d'un ton piquant.

Il se mit à rire, puis reprit :

— Très bien ! Tu es triste, car tu n'es pas faite pour être une sœur des signes.

— Ah, tu crois vraiment ? s'exclama-t-elle avec un rire forcé. Si je suis triste, c'est parce que mes sœurs m'isolent.

— Elle t'isole, car tu n'es pas comme elles. Elles sont sans désirs, sans volonté propre. Toi, tu as une volonté, une volonté qui te pousse à vouloir voir le monde dans son ensemble.

— Tu ne dis que des bêtises. Ma volonté est de retourner au temple de Galdine.

— Tu y trouveras les mêmes murs qu'ici, les mêmes sœurs qui te méprisent et les mêmes tristesses qui t'angoissent. Qu'est-ce qui t'a poussé à ouvrir ce papier jeté par-dessus le mur ? Ce papier qui t'a causé tant de soucis. N'est-ce pas la curiosité du monde extérieur ?

Elle secoua la tête, larmoyante, fatiguée de tout ça.

« J'ai été mauvaise, voilà tout. Je ne suis pas une bonne sœur. »

— Non, tu es différente des autres, pas mauvaise. Le monde regorge de femmes qui ne vivent pas dans un temple des signes. Elles ne sont pas mauvaises pour autant.

— Elles ne se destinent pas à devenir l'épouse du Roi-Dieu. Nous autres, nous devons être plus que de simples femmes. Nous devons être la pureté incarnée. J'étais la plus pure des sœurs des signes. Jamais aucune autre sœur n'était entrée dans l'ordre quelques heures à peine après sa naissance. Jamais un homme ne m'avait jeté un seul regard. J'étais destinée à être la plus parfaite des épouses.

Elle retira ses gants et les leva devant elle.

« Regarde à présent, pleura-t-elle. Regarde ce qu'est devenue ma chair. »

— Je trouve tes mains magnifiques, dit-il avec compassion.

— Tu n'y connais rien ! Tu n'es qu'un homme.

— Tu es si triste…, je ne comprends pas pourquoi tu t'obstines dans cette tristesse.

— Nous ne sommes pas amis. Tu n'as pas à me comprendre.

Oko versa les derniers pétales directement dans sa bouche.

« Bien ! mâcha-t-il. J'aurais essayé. »

Il se leva et se dirigea vers l'échelle pour descendre. Attendant qu'il ait posé les deux pieds au sol et qu'il tienne fermement l'échelle, Éla s'engagea à son tour. Descendant les barreaux un à un, elle se tint fermement.

Lorsqu'elle arriva au bas de l'échelle, Oko crut bon de reculer pour la laisser descendre, ce qui eut pour conséquence de tout déstabiliser. Éla se plaqua si violemment contre l'échelle que cette dernière se détacha de son appui pour tomber en arrière.

Elle lâcha aussitôt, puis tomba.

« Éla ! cria Oko en la rejoignant. Tu vas bien ? »

Elle se releva. La chute n'était pas très haute, mais la roche pouvait se montrer douloureuse.

« Tu vas bien ? » Répéta Oko en voulant l'aider à se relever sans la toucher.

— Jamais ! s'empourpra-t-elle en le pointant du doigt. Jamais plus je ne monterai quelque part avec toi.

— Tu saignes !

Elle regarda sa main droite et vit quelques gouttes de sang tomber. Son gant s'était déchiré. Oko retira le foulard qu'il portait autour de son cou afin de s'en servir pour panser la plaie.

« Comment comptes-tu dissimuler ton visage si tu me donnes ce foulard ? » Objecta-t-elle.

— Qu'importe, tant que tu ne saignes plus.

— Ne sois pas idiot.

Elle prit son propre foulard tandis que le sang continuait à couler. Mais par un étrange procédé, les gouttes coulaient en dessinant une parabole. Une parabole en direction du métal incrusté précisément.

« Regarde ! » Fit-elle intriguer.

Elle leva la main pour accentuer la courbure, une démonstration des plus étranges. Guidant sa main vers le métal, elle attendit qu'une goutte de sang la percute. Instantanément, la surface du métal autour de l'impact se peignit de plusieurs petits traits écarlates.

« Co… Comment fais-tu ça ? » Demanda Oko, saisi de stupeur.

— Je ne sais pas… Je crois… je crois que c'est mon sang.

Elle fit couler son sang encore plus proche du métal et c'est bientôt la totalité du cylindre qui fut recouvert de ces étranges symboles. C'était comme si l'on avait soufflé sur une braise incandescente.

« Qu'est-ce que ça veut dire ? » Demanda-t-elle.

— Du cunéiforme, répondit Oko, se dépêchant de sortir d'un sac une plume, un encrier et un papier qu'il posa ensuite sur son avant-bras pour noter ce qu'il voyait. Le spectre rouge se calligraphie en symboles cunéiformes.

Elle s'approcha pour mieux observer la calligraphie rouge. Elle remarqua une majorité de petits "clous" verticaux et horizontaux, parfois collés, parfois séparés. Mais ce n'était pas tout, il y avait aussi de petits angles, des croix, des points… Elle ignorait que la calligraphie rouge possédait sa propre écriture. Jusqu'à présent, elle avait appris que le rouge ne servait qu'à détruire les calligraphies d'autres couleurs.

« Si l'on continue dans cette voie, lança Oko en pleine écriture. On arrivera très vite à ouvrir ce navire céleste. »

Elle ne put s'empêcher de lâcher un rire d'incompréhension.

Après avoir inscrit plusieurs feuillets de cette écriture et que le métal eut repris sa nature d'origine, il rejoignit Éla.

« Est-ce que ces écrits te disent quelque chose ? » Demanda-t-il en lui tendant les symboles recopiés.

Elle feuilleta les pages, mais tout ce qu'elle voyait n'était que de l'encre sur du papier.

« Non, répondit-elle. Ça ne me dit rien. »

Il reprit les pages et les considéra.

« Mais… je pensais que la calligraphie rouge ne pouvait créer, dit-elle. Elle est destructrice, pas créatrice. »

— On ne sait pas, reconnut-il. Les calligraphes écarlates sont si rares qu'aucune sœur des signes ne les a vraiment étudiés. De plus, il existe très peu de spectres rouges.

Il regarda sa poitrine où elle dissimulait sous ses vêtements son précieux spectre.

« Quoi qu'il en soit, reprit-il. Ce navire a eu besoin d'une calligraphie rouge pour venir jusqu'ici. »

— Qu'est-ce qui te pousse à croire cela ?

— Qu'est-ce qui te pousse à en douter ? Quel serait l'intérêt de calligraphier du cunéiforme sur l'ensemble du navire ? Mais ce qui est le plus intrigant ici…

Il retint ses mots et observa le cylindre dans son ensemble.

« C'est que le vaisseau ne tombe pas en cendres. » Poursuivit Éla.

Oko acquiesça sévèrement tout en la regardant. Ensemble, ils venaient de découvrir quelque chose de bien plus grand que la simple composition spectrale du métal.

Elle en était à présent convaincue : le Roi-Dieu l'avait envoyée ici pour ouvrir le métal incrusté ; et pour une raison qui lui restait encore totalement inconnue, Oko était également impliqué dans cette mission. Car sans lui, rien de tout cela n'aurait été possible.

4

Kléos

Forêt aux démons

« … Avec l'estomac. Je l'ai raclé et fumé, ça me fait une belle gourde… la rivière serpente… suivre leur progression… une demi-journée, je crois…. Kléos ! Kléos ! Tu m'entends ? »

La voix de Réguine résonnait comme un lointain bourdonnement. Kléos glissa et tomba au sol. Il avait chaud, son corps semblait brûler de l'embrasement du Juste et des sueurs froides le faisaient frissonner.

« À… à boire… » articula-t-il péniblement.

Réguine le souleva et l'adossa contre la colonne verte, puis versa de l'eau dans sa bouche. L'eau avait un horrible goût de viscères.

« C'est la dernière chose que je puisse faire pour toi. » Dit Réguine en s'asseyant sur le muret qui entourait la colonne, en face de Kléos.

Réguine était en train d'attacher un morceau de fer tranchant au bout de sa lance. Il avait trouvé ce métal dans les décombres, se souvint Kléos.

« Combien ? » Demanda Kléos, les yeux à demi ouverts.

— Nous venons de passer notre sixième nuit, répondit Réguine. Le soleil vient tout juste de se lever.

Six nuits déjà et Kléos n'avait rien su tirer de ces ruines. Les quatre premiers jours où Kléos pouvait encore se déplacer, n'avaient été qu'une pure perte de temps.

L'intérieur des habitations était recouvert de poussière et il n'y avait trouvé aucun cadavre d'oiseaux spectral sur lequel arracher un spectre azur. Il n'a même pas trouvé les restes d'un nid. Pourtant, il en avait vu voler plusieurs dizaines sous le plafond de mousse sans qu'aucun d'entre eux ne prenne le risque de s'approcher.

« Tu te meurs, Kléos, reprit Réguine en croquant un lambeau de chair fumée. La nuit dernière, la colonne s'est à peine illuminée. Soit tu n'as plus beaucoup de sang, soit ton sang s'est affaibli. »

— Tu n'as pas pu… l'oiseau azur…

— Je te l'ai déjà dit : il est hors de question que je touche l'une de ces créatures maudites. Je n'ai pas besoin de ta calligraphie démoniaque pour m'en sortir, moi !

Kléos glissa de côté et Réguine le retient au dernier moment pour l'adosser à nouveau contre la colonne.

« Je pense avoir retrouvé la trace du groupe d'Anvor, confia Réguine. Hier, avant le coucher du soleil, j'ai trouvé une flèche plantée sur un arbre. La sève coulait encore. »

— D'accord, souffla Kléos. Laisse-moi le temps de récupérer et…

— Soit réaliste, Kléos, tu me ralentirais.

Réguine se leva et passa un sac en peau de bête zébrée en bandoulière, à l'opposé de sa gourde.

« J'attendrais ici alors. »

— Non, Kléos. Tu ne saisis pas la situation. Je ne reviendrai pas. Tu mourras ici. Tu as nié l'archipel des treize piliers pour un empire ennemi qui ne t'a jamais nourri. Tu es faible, impie et traître par-dessus le marché. Pour moi, tu es mort.

Kléos usa de ses dernières forces pour se relever, mais glissa aussitôt et tomba, la face contre la poussière. Réguine le regarda avec autant de mépris que de pitié.

« Je peux mettre fin à ta vie si tu le souhaites, proposa Réguine. Tu n'es pas obligé de finir comme Anvor. »

— Je te maudis, ragea-t-il entre ses dents. Je te maudis, sale fils de pute.

Réguine souffla, puis enjamba le muret.

« Au fait ! se tourna-t-il. Je ne t'ai pas dit toute la vérité au sujet de la mort de Leitina. Tu sais, sur la plage, lorsque je t'ai dit qu'elle n'avait pas souffert et tout le reste… c'était faux. Ta femme a été violée. Ça n'est pas de ma faute, crois-moi. La maison Octazi m'avait fait accompagner par les membres de notre section. Je pense qu'ils doutaient de ma détermination sur cette mission. Quoi qu'il en soit, une fois arrivé à ta villa, j'ai à peine eu le temps de descendre de mon cheval que nos hommes se sont rués chez toi. Je n'ai rien pu faire pour empêcher cela. Je suis resté dehors et j'ai attendu qu'ils aient terminé. »

Réguine marqua un moment de silence puis s'assit de nouveau sur le muret, offrant son dos à Kléos.

« Ça a duré plusieurs heures. Plusieurs heures où je les entendais rire, jouir, hurler, proférer des injures envers elle et même la frapper. Des bêtes sauvages… Mais malgré tout ça, malgré toute cette haine, Leitina a su rester digne jusqu'au bout. Pas une fois, je l'ai entendu hurler ni même supplier, alors que moi, je pleurais dans mon coin. Que pouvais-je faire d'autre ? »

La voix de Réguine vacillait, mais il poursuivit tout de même après une grande inspiration.

« Tu n'étais sans doute pas au courant, mais avant que ton père ne te présente au père de Leitina, j'étais en train de la courtiser. Malheureusement pour moi, elle venait d'une grande famille et mon ivrogne de père n'était pas assez digne pour eux. Toute ma solde engouffrée dans des parfums, des perles et des tissus. Je m'affamais pour pouvoir me fiancer avec elle, alors que tu ignorais tout de son existence. Quelle bêtise que d'avoir parlé d'elle à ton père. Je devrais le haïr, mais au fond, il n'a fait qu'apporter le meilleur à son fils, comme il a toujours fait. Je n'en veux même pas à Leitina pour ne pas avoir intercédé en ma faveur. Je l'aimais. Je l'aimais vraiment, Kléos. Et c'est moi qui ai véritablement souffert… »

Il se leva et s'essuya le visage.

« Je ne te dis pas cela pour être mesquin, crois-moi. Je voulais simplement partager ma douleur avec quelqu'un qui la chérissait autant que moi. »

Il observa un instant de silence, fixant le tapis de mousse au-dessus de leurs têtes. Puis, il ajouta solennellement :

« N'oublie pas de choisir ton dieu, ils sont miséricordieux. Au revoir, Kléos. »

Réguine partit, laissant Kléos seul avec ses larmes. Des larmes qui se changèrent en boue au contact de la poussière. Voilà tout ce qu'il pouvait faire à présent : changer la poussière en boue. Lui qui se voyait le plus grand calligraphe. Lui qui se voyait grand ambassadeur de Galdine. Sa gloire n'avait été qu'une étincelle dans un abîme. Une étincelle qui avait coûté la mort de son père, celle de Leitina et des supplices qu'elle avait endurés.

Il ferma les yeux quelques instants, puis les rouvrit pour se traîner jusqu'au muret et utiliser ses dernières forces pour se hisser par-dessus. Mais Réguine n'était déjà plus là et la nuit approchait dangereusement. Sans s'en rendre compte, Kléos s'était lamentablement évanoui.

Soudainement, envahi par une bouffée de chaleur, Kléos se laissa tomber sur le dos. Il suffoquait, sentant chaque bouffée d'air lui brûler les entrailles. Au-dessus de lui, le vert du tapis de mousse s'effaçait progressivement pour laisser place à un ciel noir, dépourvu d'étoiles.

La mort n'était plus qu'à portée de main. La question de choisir un dieu auprès duquel implorer l'asile devenait urgente.

Mais quels dieux choisir ? Se demanda-t-il. *J'hésite encore alors que j'ai tant tutoyé la mort. Vévéa, Cultion ou Guengister ?*

« Je choisis… Je choisis… je… »

Du coin de l'œil, il vit surgir sa femme, Leitina, auréolée d'une lumière blanche. Son corps nu était couvert d'hématomes et de plaies. Ses lèvres fendues bougeaient, mais aucun son n'en sortait. Elle tenait du bout des doigts un pinceau céleste.

Elle avança vers lui avec une lenteur presque irréelle. Ses cheveux sombres, souillés de sang, ondulaient derrière elle, donnant l'impression qu'elle flottait dans les profondeurs glaciales d'un océan. Quand elle fut à sa hauteur, elle s'agenouilla.

« Je… je suis désolé, Leitina, pleura Kléos. Je t'en prie, pardonne-moi. Je n'ai pas su te protéger. »

Elle lui sourit tout en lui caressant chaleureusement la jambe. Mais soudain, son sourire se changea en grimace haineuse et elle planta la pointe du spectre dans son mollet.

Kléos gémit sous l'intensité de la douleur.

« Leitina, que fais-tu ? »

Elle lança sur lui des yeux enflammés d'azur, puis ouvrit la bouche et poussa une série de cris aigus.

Kléos fut saisi d'un sursaut de frayeur. Il se ressaisit et vit sur sa jambe un oiseau spectral lui picorant la jambe.

Cette créature était loin de ressembler aux oiseaux ordinaires. Bien qu'elle ait une paire d'ailes et deux pattes, là s'arrêtait toute similitude.

Son corps était enveloppé de lambeaux de peau sombre, donnant l'impression d'une silhouette éthérée. Sa tête allongée évoquait, toutes proportions gardées, celle d'un cheval. Dépourvu d'yeux et d'oreilles, il arborait une fine gueule garnie de dents acérées.

Mais ce qui captivait l'attention de Kléos, chez cet oiseau, c'était le spectre azur qui tournoyait au bout de sa queue, dessinant des traits imprévisibles dans l'air.

Sans la moindre hésitation, Kléos la saisit fermement des deux mains. La créature déploya ses ailes dans une tentative désespérée de prendre son envol. Kléos eut l'impression de s'élever avec elle, mais il fut traîné au sol, jusqu'à ce que son crâne heurte violemment le muret.

Malgré le choc, Kléos tint bon, ne relâchant pas sa prise. Il savait pertinemment que son unique espoir résidait au bout de cette queue. L'oiseau jacassait à la mort, lui mordait les mains et claquait ses ailes contre son visage, mais Kléos ne lâchait pas.

Du moins, cette détermination fut de courte durée, car un autre oiseau spectral vint lui mordre la fesse, suivi rapidement par un autre attaquant à la cheville. Bientôt, une véritable nuée d'oiseaux s'abattit sur lui. Dépassé, Kléos lâcha finalement la queue de l'oiseau pour se protéger le visage, se recroquevillant sur lui-même dans une tentative désespérée de se défendre.

On lui tira l'oreille et griffa sa joue ; il sentit même quelque chose se glisser sous sa chemise. Mais un cri d'effroi mit brutalement fin à ces chamailleries de basse-cour. Les oiseaux spectraux s'envolèrent dans une cacophonie assourdissante, laissant place à d'autres hurlements qui s'ensuivirent. Les démons semblaient naître tout près de là.

Pris de terreur, Kléos se traîna pour rejoindre la colonne. Il gratta la croûte de sa main, puis la posa sur la colonne. Mais ce fut une série de petits éclats verts qui jaillit de cette dernière avant de s'atténuer dans une faible phosphorescence.

Des bruits sourds émanaient des ruines environnantes. Quelques silhouettes à peine perceptibles le fixaient avec curiosité. Les démons semblaient garder leur distance face au faible halo vert que Kléos avait su invoquer.

Malheureusement, peu à peu, la lueur de la colonne s'affaiblit jusqu'à ce que les environs sombrent dans l'obscurité totale. Kléos perçut alors le bruit de leur ruée précipitée dans sa direction.

Il tâta le sol autour de lui quand sa main heurta une pierre au flanc tranchant, sans doute laissé par Réguine. Il la saisit et la brandit vers les gueules mauves qui accouraient vers lui à toute allure. Comprenant la futilité de la menace, il retourna le silex contre sa main et se la tailla violemment, pour ensuite la flanquer contre la colonne.

Soudain, la colonne s'embrasa d'une lumière éblouissante. Les démons, pris au dépourvu, s'effondrèrent dans leur course effrénée. Certains firent demi-tour pour trouver refuge parmi les ruines, tandis que d'autres se tortillaient sur eux-mêmes, désorientés par l'éclat brûlant.

« Vous ne m'aurez pas ! hurla-t-il. Je suis Kléos Bois-du-Haut, fils du grand ambassadeur Qushen ! Je ne suis pas votre putain ! Entendez-le une bonne fois pour toutes ! »

Cependant, la colonne pulsait, battant au rythme lent du cœur de Kléos. La lumière déclinait peu à peu, laissant apparaître des visages fantomatiques, teintés de pourpre, surgissant des ruines. Bientôt, l'obscurité engloutit à nouveau les alentours, enveloppant tout dans son manteau ténébreux.

Dans le désespoir, la main de Kléos glissa. C'était fini. Les bouches mauves se rapprochaient en poussant leurs cris. Un démon saisit Kléos par la jambe et le souleva tel un pantin désarticulé. Un autre vint le tirer par le bras et des cris stridents lui percèrent les oreilles.

S'ensuivit alors une bagarre tumultueuse qui le secoua dans tous les sens, jusqu'à ce qu'ils finissent par le lâcher. Il ne demeura pas longtemps seul, car un autre démon lui saisit le pied et le traîna à toute vitesse sur le sol, avant qu'un autre ne se jette sur lui. Celui-ci força Kléos à ouvrir la bouche, approchant la sienne dangereusement.

Il put voir l'intérieur de sa gorge s'illuminer de pourpre, émanant des profondeurs de son être. Un énième démon vint lui refermer la bouche et l'écraser contre la poussière. Ils se disputaient tous pour lui, chacun désireux d'être celui qui le féconderait.

Soudain ! Un globe azur s'enflamma derrière les démons, s'élevant lentement dans les airs. Kléos eut l'impression d'être à nouveau prisonnier d'un rêve étrange. Cependant, les démons interrompirent leur querelle pour contempler à leur tour cette sphère incandescente.

La curiosité les poussa même à s'approcher de la lumière, tels des papillons de nuit attirés par la flamme d'une lanterne. Ils étaient si absorbés qu'ils ne remarquèrent pas les traits bleus qui se dessinaient derrière la sphère.

Kléos aperçut cinq idéogrammes qui se mêlèrent dans les ténèbres. Elles donnèrent naissance à un grand assemblage de canons posés sur trépieds. Bientôt, un sifflement fit tourner les cylindres azur autour d'un axe commun.

Plus le sifflement s'intensifiait, plus rapidement tournaient les canons. Ils atteignirent une vitesse telle qu'ils semblaient fusionner en une seule entité. Soudain, sans prévenir, une série de lignes azur jaillirent des canons, transperçant les démons avec une précision mortelle. Ces derniers tentèrent désespérément de prendre la fuite, mais les tirs les fauchèrent les uns après les autres avec une facilité déconcertante.

Les canons célestes pivotaient pour suivre les démons qui tentaient d'échapper au carnage.

Kléos était toujours allongé, incapable du moindre mouvement, mais il lui restait suffisamment de force pour se maintenir éveillé quelques instants. Il vit le trépied céleste partir en fumée bleue. Il aperçut une silhouette humaine transpercer ce nuage irradié d'azur pour se diriger vers lui. Puis, ce fut le noir…

Il faisait jour à présent. Kléos gisait étendu sur le sol, dans ce qui semblait être l'une des nombreuses chambres que comptaient les bâtiments de cette cité en ruine.

Il se sentait nauséeux et éprouvait une soif insoutenable. À sa gauche, une gourde avait été laissée. Il se redressa péniblement et, malgré la migraine lancinante, s'empressa de boire à grandes gorgées.

Après avoir étanché sa soif, il balaya la pièce du regard. Elle était entièrement vide, à l'exception de quelques tas de poussière éparpillés çà et là sur le sol noir. Seule une large ouverture laissait filtrer une douce lumière verte, égayant quelque peu ce sinistre endroit. Comment avait-il bien pu atterrir ici ?

Kléos regarda ses mains. Des bandes de tissus entouraient ses blessures.

« Tu te sens mieux ? » Dit une femme qui surgit d'un escalier au fond de la pièce.

Elle semblait avoir une quarantaine d'années, des cheveux châtains et une peau mate. Vêtue d'un long manteau noir, elle s'approcha de lui et, sans hésitation, posa le dos de sa main sur son front. Kléos eut un mouvement de recul, mais lorsque la dame exprima son mécontentement, il se laissa finalement toucher.

« Très bien ! s'égaya-t-elle. Tu avais une forte fièvre. J'ai dû te faire avaler une potion pour la faire baisser. Mais comme toutes potions, elle est accompagnée de quelques effets désagréables. As-tu des nausées ? »

Elle le fixait attentivement et Kléos lui rendait ce regard. Il se souvint de cette silhouette qui avait calligraphié ce merveilleux assemblage de canons. Se pourrait-il que cette femme ait su venir à bout des démons en une seule calligraphie ? Il s'apprêtait à lui poser la question lorsqu'elle s'éloigna de lui pour rejoindre la fenêtre et contempler les ruines :

« Étranges que sont ces vestiges, n'est-ce pas ? Déclara-t-elle avant de murmurer : ses habitants étaient sans doute très ingénieux. »

Kléos tenta de se lever, mais abandonna aussitôt l'effort, réalisant qu'il n'avait plus aucune force. La mystérieuse femme s'approcha de nouveau et lui offrit une petite galette de pain qu'elle sortit d'une sacoche dissimulée à l'intérieur de son manteau.

« Tu dois reprendre des forces. » Dit-elle.

Kléos saisit le pain et le sentit avant d'y croquer une petite bouchée. L'intérieur révéla une pâte tendre, délicieusement sucrée. Il l'engloutit en quelques bouchées avides.

« Tu en veux d'autres ? » Demanda-t-elle.

Kléos hocha la tête et elle en sortit deux autres avec un sourire aimable. Il dévora rapidement ces deux galettes, puis prit une longue gorgée d'eau pour les faire descendre.

« Merci. » Souffla-t-il.

— Comment t'appelles-tu ? demanda-t-elle.

Il ne répondit pas immédiatement. Kléos se savait recherché par l'archipel.

« Vous êtes une calligraphe ? » Répondit-il par une question.

Elle sortit un spectre azur et dessina un trait qu'elle fit aussitôt partir en fumée.

Voyant cela, il répondit :

« Je me nomme Kléos, Kléos Bois-du-Haut. »

— Kléos, répéta-t-elle dans un murmure. Comment t'es-tu retrouvé ici ?

— J'ai échoué sur la plage.

— Et les démons ? Comment as-tu pu aller si loin dans la forêt ? Tu possédais un pinceau céleste ?

— Non, je n'en ai pas. J'ai… Le tapis de mousse. Lorsque je verse mon sang dessus, il se met à briller. Les démons ne supportent pas ça.

Elle regarda les bandages sur ses mains.

« Je vois. C'est avec ton sang que tu as émis ces lumières vertes la nuit dernière. »

— Oui.

— Tu as bien fait. L'armée a retrouvé ton voilier à la dérive, près du continent. Pour eux, c'en est fini de toi. Je survolais la forêt à ta recherche et je m'apprêtais à partir lorsque j'ai vu ces flashs dans l'horizon.

— Vous survoliez la forêt ? Comment ?

— La calligraphie, Kléos. La calligraphie offre d'immenses possibilités. Comme voler ou gagner une guerre.

Elle le fixait d'un regard chargé de reproches. Que pouvait-elle bien sous-entendre ? Était-elle au fait de son implication dans la guerre du treizième pilier ?

« Tu as été naïf de penser que les Octazi te laisseraient en vie une fois la guerre terminée. Et qu'a fait Qushen ? N'a-t-il rien fait pour t'en empêcher ? »

— Vous connaissiez mon père ?

Elle soupira de dépit.

« Qushen m'a écrit une lettre m'avertissant de tes agissements. Je suis venu te chercher, mais à mon arrivée, il était déjà trop tard. Une fois entre leurs mains, je ne pouvais plus t'aider sans provoquer une guerre définitive entre l'archipel et Galdine. »

Cette femme était donc originaire de Galdine.

— Mais… mais… qui êtes-vous ? demanda-t-il.

— Tu sais qui je suis, Kléos.

— Vous êtes… vous vous appelez Vafline.

Elle confirma d'un signe de tête.

« Vous êtes ma mère. » Comprit Kléos.

— En effet. Je n'attends pas de toi que tu m'appelles maman, je n'ai jamais été là pour toi. Toutefois, Qushen m'a demandé de t'emmener à Galdine et je compte bien le faire. C'est là-bas que ta place a toujours été, Kléos, parmi les calligraphes.

Elle sortit un pinceau céleste de sa poche et le lui tendit. Kléos le saisit et reconnut immédiatement l'objet. Le manche fin en cuivre était parfaitement droit, et le spectre pointu comme une flèche. Aucun doute, ce pinceau était celui qui s'était planté dans la paume de la main de son futur.

« C'était donc vous…, murmura-t-il. C'est vous qui m'avez aidé à fuir. »

Elle fronça les sourcils.

« Je souhaitais assister à ton exécution et te voir une dernière fois. Grâce aux dieux, tu n'es jamais venu. »

Bien sûr ! réalisa-t-il. *Elle ne pouvait être au courant de mon sauvetage puisque cet événement ne s'est jamais produit.* Toutefois, elle lui avait bel et bien sauvé la vie ce jour-là.

« Ne nous attardons pas ici, dit-elle en lui prenant le bras. Il me tarde de retrouver mon lit. »

Elle lui apporta son aide pour se relever, mais Kléos se sentait encore quelque peu mal à l'aise. La nausée lui tourmentait l'esprit, faisant osciller le sol sous ses pieds tel le pont d'un navire pris dans une violente tempête. Malgré tout, il parvint à faire quelques pas, descendant les marches couvertes de poussières pour enfin atteindre l'extérieur.

« Je ne veux pas partir à Galdine, dit-il. Je veux rejoindre Cultion. »

— Ne dis pas de bêtise. Tu rentres avec moi.

Il se libéra de sa main.

— Je suis sérieux. J'ai quelque chose à régler là-bas, déclara-t-il.

— Que veux-tu régler ? Ton exécution ? Belle perspective ! riposta-t-elle avec sarcasme.

— Je dois rendre justice. Amène-moi à Cultion. Je dois honorer la mémoire de ma femme et de mon père.

— Qushen est mort… ?

Vafline fut soudainement prise de stupeur. Elle semblait apprendre la mort de son ancien mari. Elle fut marquée par une absence. Courte absence, cela dit, car elle se ressaisit aussitôt.

« C'est une raison de plus pour satisfaire la dernière volonté de ton père. Tu viens avec moi. Tes caprices n'y changeront rien ! »

— Je refuse ! Pas avant de rendre justice.

— Tu n'es pas juge. C'est de vengeance que tu as soif, pas de justice.

— Qu'importe, dans les deux cas, j'empalerais les Octazi grâce à ce spectre que tu m'as donné. Je suis fort !

— Si tu l'avais été, fulmina-t-elle. Tu ne serais pas ici. Je ne te laisserai pas déclarer une guerre entre les treize et Galdine. Il ne s'agit pas de toi ou de moi. C'est de l'avenir des humains dont il est question ici.

Elle prit une profonde inspiration, puis reprit calmement :

« L'archipel des treize piliers ne doit pas entrer en guerre avec Galdine. Aucune calligraphie ne doit être vue dans l'archipel. »

— La guerre est inévitable. Ce n'est qu'une question de temps.

— Écoute-moi, Kléos, quelque chose de sinistre se prépare autour de nous. Quelque chose pour laquelle personne n'est préparé. Si les treize piliers se lancent dans une guerre contre Galdine, nous serons tous vulnérables face à cette menace. Il ne doit pas y avoir de guerre.

Il la fixa, un air perplexe se dessinant sur son visage.

« Je te suis reconnaissant de m'avoir sauvé, dit-il avec gratitude. Et pour les soins que tu m'as prodigués, ainsi que ce pinceau céleste. Je devrais pouvoir me débrouiller seul à présent. Retourne à Galdine et attends mon retour. Je te promets de t'y rejoindre une fois ma tâche accomplie. »

Il lui tourna le dos et marcha en direction de la pente abrupte qui menait à la sinistre forêt des démons.

« Non, mais je rêve ! lâcha Vafline en le rejoignant, lui tapant derrière la tête. Tu sais à quel point il m'est difficile de m'absenter aussi longtemps de Galdine. Je mets en péril mon rang au sein de la cour impériale pour venir te sauver, et tu oses me tourner le dos ! Qushen ne t'a-t-il donc jamais enseigné les bonnes manières ? »

— Mon père n'était pas un lâche. Il aurait approuvé mon choix.

— Qushen était aussi téméraire que patient. C'était un homme pragmatique en toute circonstance. Comment penses-tu qu'il ait réussi à devenir grand ambassadeur de Cultion en étant issu d'une famille de pêcheur ? Sûrement pas en fonçant tête baissée contre une armée. Ce que tu fais ne s'apparente pas à du courage, Kléos, mais à de la stupidité. Aurais-je enfanté d'un sot ?

— Je ne suis pas stupide ! s'emporta-t-il. Ils sont morts à cause de moi ! Je ne veux pas vivre reclus à Galdine comme un lâche ! Je préfère mourir plutôt que de vivre ainsi ! J'ai côtoyé la maison Octazi comme si j'étais un membre de leur famille. Comprends-tu ? Ils se sont servis de moi. J'ai tué des centaines de gens, des centaines de gens désarmés uniquement pour les satisfaire !

Elle le fixait intensément. Les yeux de sa mère ne laissaient transparaître ni jugement, ni aucune autre émotion.

« En temps de guerre, dit-elle d'une voix grave, le monde s'obscurcit et il devient difficile de distinguer les véritables ennemis des innocents. Nous devons œuvrer pour apaiser les conflits, Kléos. Ne pas les attiser pour une histoire de vengeance, aussi justifiée soit-elle. »

Kléos se frotta la tempe. Sa petite poussée de colère lui avait donné le tournis. Il s'assit sur un pan de mur écroulé pour enfoncer sa tête entre ses mains.

« Il est trop tard pour ça, déclara-t-il sombrement. Parmi les dix-sept grandes maisons de l'archipel, quinze ont rallié leur soutien à la Maison Octazi pour une guerre ouverte contre l'Empire des Calligraphes. Les Octazi détiennent désormais le pouvoir absolu. Leur objectif est d'envahir Galdine le plus rapidement possible. J'ignore la raison de cette précipitation, mais ils semblent obsédés par cette idée. Ils fabriquent autant de frégates que de mousquets et recrutent à tout va dans chaque village. La guerre est sur le point d'éclater. Si tu veux vraiment l'empêcher, il faut détruire la demeure d'Octazi… Je peux le faire… si seulement tu… si seulement tu m'envoies…

Kléos fut submergé par un bourdonnement assourdissant, alors que les ruines semblaient danser autour de lui. Les paroles de sa mère lui parvinrent comme des murmures lointains, étouffés par l'intensité du bruit.

Son corps s'affaissa lentement vers le sol, tandis que le plafond verdoyant s'obscurcissait…

5

Cakoon

Alinila

Selon une croyance populaire aussi vieille que l'humanité elle-même, Panem se dressait comme un piédestal au centre d'un univers en constante rotation autour de lui. On racontait que les enfers s'étendaient tout autour de ce piédestal, et qu'au-delà des océans et des contrées lointaines, le monde était abruptement interrompu par un brouillard éternel, un voile impénétrable d'où nul ne revenait jamais.

Il se murmure que ce brouillard maudit pouvait être vu depuis les terres sauvages du Terralimes, au-delà des mers du sud. Une contrée stérile, dépouillée de sa grandeur par cet interminable brouillard.

Alinila ne souscrivait pas à cette croyance populaire. Pour elle, cette histoire n'était qu'une absurdité, un récit motivé par l'orgueil de la doctrine ordrinaïque cherchant à placer Galdine au centre d'un monde fini.

Alinila se tenait debout dans le vaste hall de la maison consulaire, aux côtés du consul Roùjen, confortablement installé dans son fauteuil roulant, jetant régulièrement un regard à l'horloge à pendule qui affichait près de minuit. Malgré l'heure tardive, le manoir tout entier était prêt et en attente de l'arrivée imminente de Son Altesse impériale. Son arrivée était imminente.

Alinila avait le dos tourné à la porte, et observait un tableau fraîchement exposé sous le balcon intérieur. La peinture représentait le fameux brouillard, censé marquer les limites du monde.

Cette brume mystérieuse prenait l'apparence d'un immense et épais rideau blême, enveloppant une partie de montagne rocailleuse sous un ciel grisâtre. Au pied de cette montagne se trouvait un lac, tout aussi gris. *Aucune couleur, aucun éclat artistique.* Ces pensées l'envahirent alors qu'elle se retournait vers la porte.

Cette horreur précédait l'arrivée de Son Altesse impériale, petit-fils de l'empereur Zéline Zéphirion. La coutume galdinienne exigeait qu'on expose le présent de l'invité avant qu'il ne passe le seuil de la porte. Encore fallait-il trouver un coursier assez rapide et digne de confiance pour cela. Malheureusement, le coursier était aussi rapide que digne de confiance.

On dépassait minuit et les cuisines étaient en pleine effervescence. Milithor (le violeur de Magnéla) attendait sagement qu'on frappe à la porte. Quatre servantes entouraient également cette dernière, prêtes à sauter sur l'invité pour lui retirer son manteau, le dépoussiérer, le coiffer et l'embrasser. Encore une coutume galdinienne aussi pittoresque qu'inutile. Tout le monde bâillait de fatigue et tous ici étaient impatients de retrouver leur lit. Alinila, plus que quiconque.

Car, contrairement aux domestiques, Alinila n'avait rien mangé depuis le petit déjeuner, juste avant qu'elle ne parte au château Félécie pour parfaire l'entraînement de son apprentie. Wandal avait certes fait quelques progrès, mais ses efforts ne suscitaient pas l'émerveillement chez Alinila. Ces derniers jours, elle s'employait à lui enseigner l'extension de son tissu spectral, c'est-à-dire la portée qu'une calligraphie pouvait atteindre.

Wandal avait réussi à doubler la hauteur de son tissu, tandis qu'Alinila, sans peine, parvenait à toucher le toit du château.

Magnéla arriva avec un plateau portant un verre d'eau pour sa maîtresse. Alinila but jusqu'à la dernière goutte.

« Tu as mangé ? » Lui demanda-t-elle en lui rendant le verre.

— Oui madame, répondit timidement Magnéla.

— Je meurs de faim. Diantre ! Ils se sont perdus, ma parole.

— Je pense qu'ils ne devraient plus tarder, Madame.

— Je l'espère. Va entretenir mon feu. Je ne resterai pas longtemps avec ces gens-là.

— Oui, madame.

Roùjen ne réagit pas à ces propos. Il se tenait droit sur sa chaise roulante. Impassible, il ne prêtait pas plus d'intérêt au tableau qu'à la tenue affriolante qu'il portait.

Ce soir-là, on l'avait paré de ses plus beaux atours, allant même jusqu'à raser sa barbe sauvage. Il se devait d'être présentable pour courtiser Son Altesse Impériale, car courtiser était bien son intention. Alinila savait pertinemment ce qu'il allait solliciter : des renforts et des fonds pour lutter contre la piraterie et la rébellion.

Roùjen ne semblait s'intéresser qu'aux pirates qui sévissaient dans le nord de la mer d'Isbly. Toutes les conversations semblaient tourner autour de ce sujet.

Évoquez-lui une révolte, et sa réponse sera : "Piraterie !" Mentionnez un incendie quelconque, et il répétera : "Piraterie !" Parlez-lui même du temps qu'il fait, et sa réponse sera invariablement la même : "Piraterie !"

Cela le rendait parfois effrayant. Et si la populace avait compati à la mort de sa femme et de ses enfants, à présent, nombreux étaient ceux qui doutaient de lui. Alinila se demandait comment le prince impérial de Galdine allait apprécier son consul de Cakoon.

Un certain Yolan's. Son Altesse Impériale Yolan's Zéphirion, pour être précis. Le "S" apostrophé de son prénom indiquait qu'il était un calligraphe de la famille impériale, à l'instar de Juno's le Magnifique, fondateur de l'empire. C'était uniquement pour ce "S" qu'Alinila se trouvait encore éveillée à cette heure tardive. Sans cela, elle aurait depuis longtemps trouvé refuge sous une couverture à l'étage supérieur.

Une demi-porte s'ouvrit brusquement, prenant Milithor au dépourvu, le faisant sursauter. C'était le majordome Maïsson qui s'avança d'un pas décidé vers son maître, lançant un regard glacial à Alinila au passage. De sa haute stature, il s'inclina pour murmurer à l'oreille de Roùjen, puis se redressa pour se placer de manière austère derrière lui, les mains strictement croisées dans son dos.

« Ils seront deux, informa Roùjen d'une voix terne. L'un d'eux portera un masque, il s'agit de Son Altesse Yolan's Zéphirion. Tu devras respecter son rang et ne faire aucune remarque sur son masque. Est-ce bien compris ? »

— Suis-je si infecte que ça, pour me croire sans éducation ?

— En effet, tu l'es.

Elle le dévisagea tandis qu'on frappait à la porte. Le domestique Milithor ouvrit les deux grandes portes et, se tenant sur le côté, laissa entrer les deux invités, clamant haut et fort :

« Le consul de Cakoon Roùjen Délion souhaite la bienvenue à Son Altesse impériale Yolan's Zéphirion ! Calligraphe de la famille impériale de Galdine ! Fondateur et maître de la loge des Universalis ! »

Yolan's fit son entrée, revêtu effectivement d'un masque imitant le visage d'un jeune homme aux traits délicats. Ce masque, d'une grande beauté, était en porcelaine vernissée, arborant des sourcils dorés, des joues roses et des lèvres teintées de jaune. Il était accompagné d'un homme âgé, mais dont la taille rivalisait avec celle du majordome Maïsson.

Lorsqu'elle vit ce dernier sortir de la pénombre de la nuit pour entrer dans la clarté du manoir, Alinila ne put rattraper ses mots :

« Le putain d'enfoiré ! ».

Roùjen et Maïsson tournèrent simultanément la tête, leurs visages marqués par l'exaspération, vers elle.

Car Alinila reconnaissait l'homme qui accompagnait Son Altesse Yolan's. Il n'était autre que son mystérieux commanditaire, celui-là même qui lui avait confié la tâche d'éveiller les huit cents morts.

Il arborait un sourire fier et une démarche assurée. Contrairement à elle, il ne semblait pas surpris de la voir ici. Il était évident qu'il connaissait sa situation bien avant d'avoir pris contact avec elle.

Une servante vint ôter le manteau de Son Altesse, une autre le dépoussiéra, tandis qu'une troisième tenta de le coiffer, mais Yolan's portait un turban rouge surmonté d'une coque sombre. Le masque n'empêcha pas une autre servante de lui déposer des baisers sur les deux joues.

Après cette brève cérémonie, ils avancèrent enfin à la rencontre de leur hôte.

« Votre Altesse, j'espère que votre voyage a été des plus agréables. » Accueillit Roùjen en s'inclinant sur son siège, posant une main sur sa poitrine.

— La mer d'Isbly était plutôt calme, répondit le vieil employeur à la place de Son Altesse. Et nous n'avons eu aucun problème avec les pirates. Que le Roi-Dieu en soit loué. Permettez-moi de me présenter, je suis Ibvano Kraïcie, membre de la loge impériale.

Ce vieillard, en apparence inoffensif, se révélait être un calligraphe. Mais pire encore, il était membre d'une des loges les plus puissantes de Galdine : l'ancestrale Loge impériale. Mettre fin à ses jours ne serait pas aussi aisé qu'elle l'avait initialement pensé.

De surcroît, son statut le liait étroitement à la famille impériale. Ainsi, de qui recevait-il ses directives ? De l'empereur lui-même ? Pourquoi l'Empire souhaiterait-il ranimer les morts dans l'une de ses provinces ? Et surtout, pourquoi ne pas avoir confié cette mission à un calligraphe de Galdine ?

Désormais, il était clair qu'elle n'avait plus sa place dans ce secret. Si les morts venaient à se lever devant tous et que l'empereur était associé à cet acte sacrilège, ce serait la chute de la dynastie Zéphirione, voire même la fin de l'empire galdinien.

« Permettez-moi de vous présenter Alinila. » Annonça Roùjen.

— Un joli prénom pour un joli visage, dit Ibvano en ouvrant sa main vers elle.

Elle posa sa main sur la sienne, la laissant effleurer un baiser avant de la retirer aussitôt. Il était évident qu'il ne dirait rien à propos de leur petit arrangement. Pour le moment, elle n'avait pas à craindre quoi que ce soit à ce sujet.

Son Altesse Yolan's était restée en retrait durant les présentations. On discernait mal ses yeux sous ce masque, mais il semblait regarder son propre tableau accroché au-dessus d'eux.

« Si vous voulez bien me suivre, Votre Altesse. Maître Kraïcie. »

Maïsson les escorta jusqu'à la vaste salle à manger où un festin les attendait sous des cloches d'argent étincelantes. Quatre domestiques étaient disposés le long des murs, tenant chacun une carafe de cristal, prêts à servir et à rafraîchir leurs coupes de nectar d'Atrimel au moindre signe de soif.

Une fois que chacun fut confortablement installé et que Roùjen eut pris sa place à l'extrémité de la table, des domestiques dévoilèrent le plat principal. Alors que les effluves parfumés du canard se diffusaient, Alinila remarqua du coin de l'œil qu'Ibvano Kraïcie la fixait avec un sourire malicieux. Elle préféra l'ignorer et se plongea dans son assiette. Le nectar d'atrimel fut versé avec grâce.

« Consul Délion ! interpella Ibvano en prenant l'initiative de la parole. Avant que nous ne commencions ce festin, nous souhaitions vous exprimer notre profonde tristesse à l'annonce du décès de votre épouse bien-aimée et de vos enfants. De nombreuses larmes ont été versées en leur mémoire dans la demeure de votre père. Je n'ai moi-même pas pu retenir mes émotions face à cette tragédie. Son Altesse Yolan's et moi-même tenions à vous présenter nos condoléances les plus sincères. »

Roùjen acquiesça d'un signe de la tête.

« Je remercie Son Altesse pour sa sollicitude, répondit Roùjen avec gratitude. Depuis cet affront terrible commis contre l'Empire et son empereur, je m'applique à nettoyer la mer d'Isbly de ces pirates… »

Le voilà reparti, pensa Alinila en prenant une gorgée de nectar.

« … Mais hélas ! continua-t-il. Seul, cela est difficile. Les pirates bénéficient d'une certaine tolérance de la part de certaines cités portuaires du Nord. Votre Altesse, si ces cités adoptaient une politique plus répressive envers ceux qui commercent avec ces scélérats, nous pourrions facilement les mettre en difficulté. C'est pour cela… »

— Je suis certain que l'Empereur veille à ce que chacun fasse de son mieux, coupa poliment Ibvano avant de se tourner vers Alinila. Dites-moi, dame Alinila, je n'ai pas saisi votre nom de famille.

Elle observa Roùjen s'enfoncer dans son fauteuil, ravalant sa fierté avec une gorgée de nectar d'atrimel. Alinila, qui savourait son repas, espérait échapper à une conversation, mais visiblement, ce n'était pas dans les intentions d'Ibvano.

« Je n'en ai pas. » Répondit-elle sèchement.

— Allons ! même les pauvres des rues portent un patronyme, sans quoi, ils sont orphelins d'une lignée familiale. Vous avez sûrement des parents ?

Ainsi, il savait qu'elle était issue des rues de Cakoon. Ce Galdinien s'était renseigné sur elle, mais que savait-il d'autre à son sujet ?

« Alinila s'est retrouvée seule dans la rue, répondit Roùjen. Aussi loin que ses souvenirs remontent. Elle n'a connu que la misère et n'a reçu une éducation correcte que très tardivement. »

— Alors, c'est donc vrai ce que l'on dit à votre sujet, murmura Son Altesse Yolan's d'une voix douce et voilée. Vous êtes réellement issue des rues ?

Ainsi donc, il peut parler, s'en rendit-elle compte.

— C'est exact, Votre Altesse, répondit Alinila.

— C'est remarquable, se réjouit Ibvano. Je parle de votre ascension, bien sûr. Ainsi, vous n'avez jamais connu votre mère ? Ou du moins, une personne qui vous a accompagnée dans votre prime enfance ? On a bien dû vous allaiter et vous nourrir jusqu'à l'apparition de vos premières dents.

— Sans doute.

— Quel est votre plus ancien souvenir, ma chère ? Peut-être cela nous aidera-t-il à éclaircir le mystère de vos origines ?

Elle avala le morceau de viande qui attendait patiemment au bout de sa fourchette, puis mâcha lentement tout en dévisageant Ibvano. Ces questions sur son passé étaient un peu trop humiliantes pour elle. Elle n'aimait pas ressasser ces choses devant des nobles.

La pauvreté n'était pour eux qu'un sujet abstrait et divertissant. Cette mise à nu n'était qu'une perte de temps, mais elle devait se montrer aimable, ne serait-ce que pour contredire Roùjen.

« Un homme au cou tranché ! répondit-elle sans ménagement. Voilà mon souvenir le plus ancien : un homme agonisant, tentant d'arrêter le sang qui jaillissait de sa gorge. Je me souviens également qu'il essayait de me parler, mais que ses mots étaient étouffés par le sang.

Je me souviens être restée là, à regarder son assassin lui retirer ses bottes, sa ceinture et son pantalon. »

— Qui était-il ? demanda Son Altesse Yolan's.

— Je l'ignore. Un briguant sûrement.

— Je parlais de l'homme qui se mourrait.

— Mon père, ou peut-être mon grand frère. Un oncle, un ami, un maître. Je l'ignore en réalité. J'ai toutefois le sentiment qu'il était mon protecteur. Je pense même l'avoir toujours connue.

— C'est si triste, compatit Son Altesse Yolan's.

— On ne saurait souffrir de la perte d'une personne oubliée, Votre Altesse, relativisa-t-elle.

— Et comment avez-vous fait pour vous en sortir sans ce protecteur ? demanda Son Altesse.

— Je ne m'en souviens pas. Je n'étais qu'une enfant.

— Peut-être vous reste-t-il quelques fragments d'images dans votre mémoire ?

Et quand bien même ? Qu'est-ce que ça peut te foutre ! S'échauffa Alinila.

Ce déballage n'avait aucun intérêt. Yolan's n'était que perte de temps. Seul Ibvano méritait un intérêt. Elle remarqua que ce dernier ne mangeait qu'après avoir soigneusement décortiqué la viande et ne buvait qu'à petite gorgée. Alors que Yolan's, lui, ne touchait ni à son assiette ni à sa coupe d'atrimel. Son Altesse ne souhaitait définitivement pas soulever ce masque.

« Comment faisiez-vous pour vous procurer de la nourriture ? » Insista-t-il.

— J'ignorais que Son Altesse s'intéressait tant à la compagne du consul de Cakoon. Répondit-elle un brin agacée.

— Alinila…, murmura sévèrement Roùjen entre ses dents.

La main de Yolan's se posa sur l'avant-bras du consul dans un geste d'apaisement.

« Excusez ma curiosité, ma chère, dit Son Altesse. Vous êtes si intrigante que j'en oublie mes manières. »

— Je suis bien plus intrigué par Son Altesse, dit-elle. Ça n'est pas tous les jours que l'on rencontre un si prestigieux calligraphe dans le Nord de l'empire.

— Cela me touche. Mais ce soir, je préfère éviter le sujet de la calligraphie, ce serait impoli en présence de votre futur époux.

— Très bien, alors parlons de ce magnifique masque que vous portez. Que dissimulez-vous dessous ?

Roùjen lui lança un regard furieux. Quant à Son Altesse, il était impossible de deviner son expression sous ce masque rigide. Il demeurait immobile et silencieux. Elle réalisa qu'elle avait commis une maladresse. Le nectar d'atrimel avait rapidement fait d'elle une bavarde, ce qui n'était pas une bonne chose.

— Mon… mon masque… me… me….

Le prince impérial bégaya, semblant soudainement perdu quant à la disposition de ses mains. Après une profonde inspiration, il redressa sa posture avec noblesse. Il tourna la tête vers Roùjen et dit :

« Consul Délion, je suis extrêmement épuisé. Je vous prie de bien vouloir me faire accompagner jusqu'à mes appartements. »

— Votre Altesse, supplia Roùjen, veuillez excuser son comportement. Comme je vous l'ai dit, elle n'a bénéficié que d'une éducation sommaire…

Roùjen n'eut pas le temps de finir ses excuses que Son Altesse quitta la salle, précédée de Maïsson.

« Bravo ! cracha Roùjen. Vraiment, tu es la pire chose qui me soit arrivée ».

Ibvano essuya ses fines lèvres en ricanant doucement.

« Il n'aime pas qu'on fasse des allusions sur son masque. » Renseigna-t-il.

— Alors, pourquoi en porte-t-il un ? demanda-t-elle.

— Silence ! ordonna Roùjen en tapant du poing sur la table. Je ne veux plus t'entendre parler !

— Parce que s'il ne l'avait pas, vous vous poseriez autant de questions sur son visage.

Elle souleva un sourcil et il reprit :

« Un papyrus calligraphié de l'Embrasement du Juste s'est détaché de son bras lorsqu'il avait seize ans. Lui et son précepteur ont été brûlés ».

— Son précepteur ? demanda Roùjen, soudainement intrigué.

— Il semblerait qu'il entretenait une relation sodomite avec lui, mais ce ne sont que des rumeurs.

Cette révélation avait plongé la salle à manger dans un silence pesant. Les domestiques, médusés par cette révélation inattendue, écarquillaient les yeux et échangeaient parfois des sourires complices.

« Il faut que je lui présente mes excuses, dit Roùjen. Je suis l'hôte, je suis l'unique responsable de cet affront. »

— Ne vous tracassez pas avec de telles futilités, consul Délion. Yolan's ne porte que le nom de la famille impériale, rien de plus. À la cour, nul ne lui porte le moindre intérêt. Et même si autrefois il portait l'espoir d'un empereur dont le nom finirait par un "S", aujourd'hui, il n'est que l'ombre d'un calligraphe. Un inerte, incapable de matérialiser ses calligraphies. Il n'est même plus présentable au peuple. Croyez-moi, Consul Délion, vous auriez plus à craindre d'une paysanne que de cet homme. Je suis sûr qu'il y a des personnes beaucoup plus à craindre dans la cité des morts.

Ces derniers mots étaient accompagnés d'un regard en direction d'Alinila.

« Je ferai tout de même part de mes excuses. » Insista Roùjen, un brin embêté.

— Si cela vous soulage, consul.

Alinila et Ibvano se toisaient derrière leurs coupes respectives. Elle avait tant de questions à lui poser, mais elle s'abstiendrait de le faire ici ni dans ce manoir.

« Nous avons tant à faire, regretta Roùjen. Je suis navré que nos négociations débutent par un malentendu. »

— De quelles négociations parlez-vous, consul Délions ?

— Eh bien, des six-cents soldats ?

Ibvano ne semblait guère plus éclairé, tout comme Alinila d'ailleurs, mais cela ne la concernait en rien. Elle poursuivit paisiblement sa dégustation, indifférente à la tension ambiante.

« Vous êtes bien ici pour répondre à mes demandes de renfort, n'est-ce pas ? »

— Hélas, je crains fort qu'il y ait effectivement un malentendu. De quoi parlez-vous précisément ?

— J'ai envoyé plusieurs lettres au premier consul, stipulant mon désir de fonder un corps impérial au sein de Cakoon. Un corps constitué exclusivement de soldats galdiniens.

— Je n'ai pas eu vent de cette requête. Les soldats de Cakoon ne sont-ils pas loyaux ?

— Certains comportements me poussent à le croire.

— Je comprends. Malheureusement, je n'ai aucun lien d'affaires avec le Premier Consul. Les affaires provinciales ne relèvent en rien de la compétence de la Loge impériale. Toutefois, j'ai eu vent qu'il serait imprudent d'envoyer des forces galdiniennes pour pacifier les cités du Nord. Une telle action serait interprétée comme une démonstration de soumission par la force.

— Cakoon est une cité annexée depuis près de trois cents ans. Les soldats de Galdine ont autant leur place à Cakoon que moi dans ce manoir, maître Kraïcie.

— Je partage entièrement votre avis, consul Délion. Il est vrai que Galdine n'a pas à avoir honte de jouir de ses possessions.

— En effet. Mais… veuillez excuser mon impertinence, mais je dois avouer ma déception. Je m'attendais à ce que Son Altesse écoute mes doléances et penche en ma faveur une fois de retour à Galdine.

— Je vous l'ai dit, cet homme n'a accès qu'aux oreilles des domestiques. Il serait même contreproductif pour vos intérêts qu'il soutienne votre demande.

— Je suis étonné que le premier consul ne m'ait pas répondu. Je lui ai pourtant envoyé plusieurs lettres. Aucune d'entre elles n'a reçu de réponses.

— Il faut comprendre que le premier consul et l'empereur n'ont pas le regard porté vers le nord en ce moment.

— Et où regardent-ils ?

— Vers l'archipel des treize piliers.

— Les treize piliers. J'ai entendu dire que la treizième île avait rallié les autres piliers de l'archipel, est-ce vrai ?

— C'est exact. Cette situation nous a tous pris de court. Militairement, la treizième île était capable à elle seule de tenir tête aux autres piliers. On ignore comment elle a pu tomber si vite. Mais si le roi du Nordal a juré allégeance à la maison Octazi, il est certain qu'ils tenteront une invasion de nos terres.

— Raison de plus pour pacifier la mer d'Isbly avant d'envisager une guerre contre l'archipel.

— Cela me semble judicieux, en effet. Même si cela ne relève pas de mes prérogatives, j'appuierai cette idée auprès du Premier Consul impérial.

— Je vous remercie pour votre attention, maître Kraïcie.

Les assiettes furent débarrassées, laissant place au dessert. Une sélection de fruits variés, délicatement nappés de crème sucrée, fut présentée. Alinila ne put résister et s'y plongea avec avidité.

Une fois l'assiette vidée de ses fruits et d'une bonne partie de la crème, elle essuya délicatement ses lèvres avant de savourer le nectar, pendant que Roùjen et Ibvano poursuivaient leur conversation sur l'état de santé de l'empereur.

« Si vous n'êtes pas venu pour Roùjen, demanda Alinila alors que ce dernier s'était lancé dans une explication inintéressante sur les remèdes apportés à l'empereur. Pourquoi êtes-vous ici ? »

Un large sourire étira ses lèvres lorsqu'il se tourna vers elle.

— Je suis venu vous voir, dame Alinila ?

Son cœur battait à vive allure, mais elle s'efforça de conserver son calme. *Pourquoi lui ai-je posé cette question ?* Se maudissait-elle ? *Maudit nectar !* Malgré tout, elle prit une nouvelle gorgée, comme pour se donner du courage.

« Pourquoi vouloir me voir ? » Demanda-t-elle.

Il n'a aucune raison de divulguer notre arrangement ici, en présence du consul de Cakoon. S'il tient à sa tête, du moins.

— Votre ancienne préceptrice s'appelait Vafline, n'est-ce pas ?

Vafline ! Ce nom, cela faisait longtemps qu'elle ne l'avait pas entendu prononcé par quelqu'un d'autre qu'elle-même. Vafline était bien plus qu'une simple préceptrice. Elle représentait tout pour elle.

C'était sa bienfaitrice, celle qui l'avait tirée des rues sordides de Cakoon pour l'élever au rang de calligraphe. La rencontre avec cette femme avait été comparable à une seconde naissance. Vafline était même comparable à une mère à ses yeux.

« Que lui est-elle arrivé ? » Demanda Alinila, inquiète.

— C'est la raison de ma présence, répondit Ibvano Kraïcie. Nous n'avons plus aucune nouvelle d'elle depuis près de deux dizaines de jours. J'espérais la voir en votre compagnie, mais, à en juger par votre réaction, je perçois qu'il n'en est rien.

— Je ne l'ai pas vue depuis son départ de Cakoon. Pourquoi son absence vous préoccupe-t-elle ?

— Nous craignons seulement pour sa sécurité. Tout comme moi, Vafline est membre de la loge impériale. Nous prenons soin des nôtres.

Baliverne ! Vafline avait grandi dans l'archipel aux Piliers. Son absence coïncidait avec l'unification des Piliers. *Ils la soupçonnent d'être une espionne.* Cela ne changeait rien pour Alinila.

À ses yeux, Vafline surpassait infiniment Galdine, Cakoon et même l'empire tout entier. Que Vafline soit une espionne ou non, pour Alinila, cela n'altérait en rien l'amour qu'elle lui portait.

« Vous avez parcouru tout ce chemin juste pour retrouver une calligraphe ? » Demanda Roùjen, surpris.

— C'est exact, du moins pour ma part. Son Altesse a insisté pour m'accompagner. Il désirait revisiter la nécropole qu'il n'avait pas vue depuis son enfance. C'est un homme curieux, peut-être un peu trop.

— À quoi comptez-vous consacrer votre temps précieux dans les jours à venir ? Questionna Alinila.

— À un repos bien mérité, ma foi. Ces jours-ci, à la cour, je suis sans cesse accaparé par des querelles insignifiantes, notamment entre les cohortes urbaines réclamant l'usage des mousquets et les loges calligraphiques s'y opposant fermement. J'aspire à un peu de sérénité et je vous suis reconnaissant, Consul Délion, pour votre accueil chaleureux.

— Vous êtes ici chez vous, aussi longtemps que vous le désirez, affirma Roùjen d'un ton assuré.

Il avait surtout l'intention de vérifier si Alinila avait correctement rempli son contrat. Elle méritait toujours le reste de sa récompense pour son travail acharné. Mais quelle serait cette récompense ? De l'or, ou peut-être la mort ?

« Je comptais également faire un tour au cimetière, poursuivit maître Kraïcie, suscitant ainsi la curiosité d'Alinila. Je désire réserver personnellement ma dernière demeure dans la nécropole. On m'a rapporté que vos moines-soldats étaient particulièrement sensibles à ce genre de démarche. »

— Ils vous trouveront une place privilégiée, j'en suis certain. J'écrirais une lettre de recommandation. Mais n'oubliez pas qu'ils sont également sensibles à l'or…

Une domestique ouvrit la porte alors qu'Ibvano raillait la cupidité des moines-soldats. Ce fut Magnéla. Les mains glissées dans les poches de son tablier, elle s'approcha discrètement d'Alinila.

« J'aurais besoin de vos services, lui susurra-t-elle à l'oreille. »

En d'autres circonstances, Alinila aurait réprimandé cette impertinence, mais cette fois-ci, cela l'arrangeait plutôt. Épuisée, elle savait qu'elle ne trouverait aucune réponse à ses questions ce soir. Elle se leva donc :

« Je serais heureuse de discuter plus longuement de Vafline avec vous, maître Kraïcie. Mais il est bien trop tard et je suis épuisée. Peut-être demain. »

— Ce sera avec le plus grand des plaisirs, sourit-il en se levant également.

Elle se pencha légèrement, puis pivota vers Roùjen, lui offrant un sourire avant de prendre congé.

En fermant la porte derrière elles, Magnéla tomba en sanglots et couvrit son visage de ses mains maculées de sang.

« Où est-il ? » Soupira Alinila, comprenant ce qu'il s'était passé.

— Dans le cabinet d'aisance, à l'étage, maîtresse, il a essayé… encore une fois et… et… je lui ai dit…

— Peu importe ce que tu lui as dit. Va te laver avant que quelqu'un te voie dans cet état. Ensuite, rejoins-moi avec de quoi nettoyer.

Elle monta à l'étage et rejoignit le cabinet d'aisances. En ouvrant la porte, elle vit un homme blessé au ventre, au lieu de voir un homme sans vie.

« Petite peste ! » Cracha-t-elle.

— C'est Magnéla, suffoqua Milithor. C'est… c'est une folle.

— Je le sais, répondit-elle.

Elle referma la porte derrière elle. Milithor était assis sur la chaise percée, son pantalon baissé jusqu'aux chevilles. Il donnait l'étrange impression de déféquer une douloureuse coquille.

« Un médecin, de grâce ! » Supplia-t-il.

Elle ne lui adressa pas la parole. À la place, elle sortit le spectre mauve de sa poche ainsi que le petit livre de golem qui ne la quittait plus désormais. Une calligraphie en particulier l'intriguait, car elle nécessitait le corps d'un individu vivant.

L'occasion était trop belle pour être ignorée. Elle s'agenouilla entre les jambes nues de Milithor et posa le livre à la bonne page sur le sol. Puis, elle entreprit de calligraphier sur sa cuisse. Il lui saisit aussitôt la main.

« Non, madame, supplia-t-il, le visage trempé de peur. Je vais mourir si vous faites ça. »

Il était si faible qu'elle n'eut aucun mal à retirer cette main couverte de sang. La calligraphie qu'entreprenait Alinila se nommait la Convoitise du Traître. Cette dernière était censée transformer un humain en golem divin durant sept minutes et était composée de sept hiéroglyphes.

La cuisse n'était pas suffisamment large, et Milithor se démenait constamment, rendant la calligraphie ardue. Après avoir enfin achevé l'écriture, elle s'éloigna pour contempler son chef-d'œuvre. Certains hiéroglyphes étaient à peine reconnaissables et la queue d'une créature rampante ne rejoignait pas la tête comme il aurait dû l'être.

Elle doutait sérieusement de sa réussite. Le jeune homme tenta d'effacer la calligraphie en pleurant et en suppliant, mais son sort était scellé. D'un mouvement de pensée, la calligraphie s'illumina de mauve et le jeune homme lâcha prise, telle une marionnette désarticulée.

Ses cheveux se changèrent en cendres, suivis de ses yeux, de ses oreilles et de ses narines. Bientôt, sa peau tout entière s'effrita en cendres. Il ne resta plus qu'un corps aux muscles fibreux, d'où émanaient des vapeurs mauves.

Le golem sursauta soudainement, puis redressa la tête. Il examina attentivement ses mains, ses bras, puis son corps, avant de fixer Alinila. Ses yeux étaient enflammés d'un feu violet, et une fumée de la même teinte s'échappait de sa bouche. Enfin, il se leva, gardant un regard fixe sur sa créatrice. Il était d'une effroyable magnificence.

Elle envisageait de lui donner un ordre, mais avant même qu'elle puisse y penser, le golem fit trois pas en sa direction et la saisit par les cheveux. Surprise, Alinila eut immédiatement l'envie d'annuler sa calligraphie, mais celle-ci demeura active. Elle se sentit totalement désemparée face à sa propre création.

Le golem de chair la força à s'agenouiller devant lui. Sa prise était si forte qu'elle crut que la peau de son crâne se déchirait. Elle versa des larmes de douleur. Mais alors qu'elle croyait son destin scellé, le bras du golem se détacha du reste de son corps pour tomber lourdement au sol.

Sa création considéra ce bras manquant. Puis, une pustule prit forme au niveau de sa hanche et explosa en lui sectionnant la jambe gauche. Il tomba au sol. Levant la tête vers Alinila, il se traîna dans sa direction tandis que son corps se couvrait de pustules.

Alors qu'Alinila reculait devant cette abomination rampante, les muscles du golem se transformèrent en cendres, laissant apparaître un squelette qui, à son tour, se consuma, tandis que la main de ce dernier effleurait la joue de sa créatrice.

Abasourdi par ce qu'elle venait de vivre, Alinila se frotta le crâne endolori. Il s'en était fallu de peu. Elle ramassa le spectre mauve et son livre de golemisme, puis se leva en dépoussiérant sa robe. En se tournant vers la porte, elle tomba sur Son Altesse Yolan's qui se tenait debout devant elle.

Depuis combien de temps est-il là ? Se demanda-t-elle.

Elle voulut dire quelque chose, mais sa voix manquait. La peur ou alors la douleur. Il fit une légère inclinaison de la tête en direction du spectre mauve qu'elle tenait en main.

« Je vais descendre au rez-de-chaussée, déclara-t-il derrière son masque. Utiliser un autre cabinet. »

Il partit.

Qu'avait-il vu ? Elle hésita un instant, puis sortit en chancelant après lui. Dans le hall, elle le vit descendre en toute hâte les escaliers. Il croisa Magnéla qui s'écarta et s'inclina sur son passage.

Elle ne pouvait le tuer sans risquer d'être elle-même traquée. Même si cet homme n'avait aucune importance pour l'empire de Galdine, c'était tout de même un Zéphirion.

Bon, reste calme, s'intima-t-elle après une profonde inspiration.

Qu'avait-elle fait après tout ? Rien ! Magnéla l'avait mortellement blessée, et elle n'avait fait qu'abréger les souffrances d'un pauvre homme. Malheureusement, le meurtre d'un ordinaire par un calligraphe était passible de la peine de mort, quelles que soient les circonstances.

Magnéla la rejoignit en haut des escaliers.

« Maîtresse ? » S'inquiéta cette dernière.

Alinila la gifla violemment avant de lui faire signe d'aller nettoyer le cabinet d'aisances.

« Je vais tout nettoyer, s'inclina Magnéla en se tenant la
joue. On y verra que du feu, je vous l'assure. »

Du feu, peut-être, mais un feu mauve…

6

Mont Nirû

Éla

Neuf jours s'étaient écoulés depuis qu'Éla avait reçu la mission d'assister Oko dans l'interprétation des signes du métal incrusté. Pendant huit jours consécutifs, elle avait également partagé ses petits-déjeuners avec la sœur des arcanes.

Éla tenait sa sœur des arcanes informée des progrès réalisés par Oko, notamment des récentes inscriptions cunéiformes écarlates qu'ils avaient découvertes. Ce rituel matinal avait adouci son image auprès des autres sœurs, et, de façon surprenante, elles la saluaient lorsqu'elle passait.

Oh ! Bien sûr, elles ne lui adressaient pas encore la parole, loin de là, mais c'était tout de même une forme de reconnaissance qu'elle n'avait pas connue depuis son départ du temple de Galdine. Sa seule interlocutrice véritable était la nouvelle sœur Ifu, avec qui elle pouvait échanger au-delà des simples salutations, à l'exception d'Oko et de la sœur des arcanes. Cependant, l'un était un homme et l'autre était entourée d'une aura si imposante qu'elle ne laissait guère de place aux plaisanteries.

Ce matin-là, après son petit-déjeuner avec la sœur des arcanes, Éla faisait le chemin habituel pour rejoindre Oko. Comme chaque jour, avant de le retrouver, elle s'arrêtait pour rendre visite à sœur Ifu. La jeune sœur, encore en formation, s'occupait de diverses tâches à l'intérieur du temple. Étant donné qu'elle n'avait pas encore atteint le statut complet de sœur des signes, Ifu était confinée au temple jusqu'à son mariage avec le Roi-Dieu.

Cette fois-ci, sœur Ifu était chargée de récolter la cire qui dégoulinait des bougies au creux des murs. Éla la rejoignit pour l'aider dans sa tâche, tout en discutant de choses et d'autres.

« Pourquoi es-tu venu te perdre ici ? » Demanda Éla en grattant la cire.

— Je te l'ai dit, répondit sœur Ifu. Mon frère a voulu me marier avec mon oncle.

— Oui, je sais, mais pourquoi venir au temple de Nirû ? Tu aurais pu choisir un autre temple.

— Lorsque, dans ma fuite, j'ai vu des sœurs des signes transporter des vivres vers ce temple, j'ai vu ça comme le premier signe. C'était comme si le Roi-Dieu en personne m'avait dit de venir dans ce temple.

Éla cessa de gratter la cire et tourna son regard vers Ifu.

« Tu aurais mieux fait d'épouser ton oncle. » Lui dit-elle.

Les deux sœurs se laissèrent aller à un rire complice, jusqu'à ce qu'un bruit lointain de porte étouffe leurs éclats. Des pas se rapprochèrent. Éla inclina légèrement la tête pour voir qui approchait. Une silhouette de petite taille drapée dans un voile gris, ses cheveux d'un noir profond bien cachés dessous. C'était sœur Ara. Dès qu'elle fut identifiée, Éla baissa les yeux sur ses mains gantées et reprit son travail de grattage de la cire.

Sœur Ara était originaire de Zoyon, une espiègle qui trouvait toujours une raison de rire même dans les circonstances les plus surprenantes. On la remarquait facilement, notamment à cause de sa voix forte et de ses gestes exubérants lorsqu'elle parlait. Si Éla n'avait pas eu les mains souillées, les deux sœurs auraient sans doute pu devenir de bonnes amies.

« Bonjour mes sœurs ! » Sourit-elle en ralentissant le pas sans toutefois s'arrêter complètement.

« Bonjour ! » Répondirent les deux sœurs.

— Sœur Ifu, j'ai fini le bas de ta robe pour la cérémonie du mariage, mais il faut que tu viennes l'essayer.

— Je peux passer ce soir ?

— Oui, avant la prière du coucher alors. Et toi aussi, Éla, passe me voir. Ta robe de la dernière cérémonie était vraiment affreuse, je peux te donner l'une de mes robes si tu veux.

D'abord surprise, Éla resta muette face à cette invitation inattendue. Cependant, elle ne pouvait pas laisser passer cette opportunité de discuter avec sœur Ara. Devenir amie avec elle serait sans doute la meilleure chose qui pourrait lui arriver ici. Ara attendait une réponse, reculant doucement en marchant.

« Heu… Oui, oui, avec plaisir, répondit-elle timidement. Je dois t'apporter mon ancienne robe ? »

— Qu'est-ce que j'en ferais ?

— Je ne sais pas, une serpillière peut-être…

Sœur Ara éclata de rire, adoptant son attitude habituelle avec ses amies, puis se retourna en déclarant :

« À ce soir mes sœurs ! »

Éla était en extase. Enfin, elle entrevoyait la fin d'un long tunnel sombre qu'elle avait cru sans fin. Son isolement touchait à sa fin, et elle retrouvait peu à peu sa place au sein des sœurs des signes.

D'abord avec sœur Ifu, puis avec sœur Ara, et bientôt, elle l'espérait, avec bien d'autres encore. Éla s'imaginait déjà les moments où elles discuteraient de tout et de rien, riraient ensemble et chanteraient en chœur. Certes, elle ne retrouverait pas en elles la même compagnie distinguée que celle des sœurs du temple de Galdine, mais le simple fait de pouvoir rire à nouveau avec d'autres serait merveilleux pour Éla.

Il ne manquait à ce tableau idyllique que sa véritable sœur : Ikanne. Elle aussi était venue la voir pour lui parler, il y a trois jours. Ikanne s'était jointe à elle, alors qu'elle prenait son repas dans la salle des bains en compagnie de sœur Ifu.

Ikanne lui avait parlé d'une voix mielleuse et souriante, comme si rien ne s'était passé. Comme si elle avait toujours pris soin d'elle. Comme si…, comme si elle n'avait pas révélé aux autres sœurs ce que ses mains avaient touché.

En entendant parler ainsi sa sœur, des problèmes quotidiens, du froid, de la prochaine livraison…, Éla avait eu le cœur retourné. Elle ne pouvait oublier ce qu'elle avait fait.

C'est toi ! voulut-elle dire. *C'est toi qui as dit aux autres sœurs ce que j'ai fait ! C'est toi la cause de mes souffrances !*

À défaut de dire ces mots, Éla avait préféré se taire et laisser Ikanne dans l'embarras du silence. Depuis ce jour, les deux sœurs ne s'étaient plus adressées la parole.

Éla se rendit dans les appartements d'Oko. Celui-ci était plongé depuis plusieurs jours dans l'étude des calligraphies cunéiformes découvertes sur le métal incrusté. Puisqu'il n'était plus nécessaire, pour le moment, de retourner dans la grande caverne ou de sortir à l'extérieur, Éla passait la majeure partie de ses journées dans le confort des appartements d'Oko.

Elle y trouvait des chaises, une table, des meubles, des livres qui ne traitaient pas uniquement de l'ordre des signes, et même un lit. La seule chose qui manquait à cette confortable double pièce était une fenêtre.

L'air qui circulait à travers les conduits d'aération creusés dans la roche était moins froid que dans les autres cellules. Ce détail, bien que mineur, suffisait à rendre les lieux nettement plus agréables à vivre.

Ainsi, la présence de cet homme en ces lieux ne constituait nullement une corvée répugnante. Au contraire, Éla avait fini par apprécier sa compagnie, trouvant même du réconfort dans cette intimité offerte par la sœur des arcanes.

Bien sûr, Oko conservait toujours son côté grossier, parfois même révoltant lorsqu'il tournait en dérision les saintes Écritures. Cependant, au fond d'elle-même, elle découvrait, au fil de leurs discussions, de la gaieté et une sincérité dans son écoute.

Hier, en plein après-midi, elle s'était étendue sur le lit de paille d'Oko pour se reposer, tandis que les autres sœurs s'affairaient aux tâches quotidiennes : certaines cueillaient des pétales dans les terrasses, d'autres allaient chercher de l'eau, des champignons, ou encore vérifier les pièges. Pendant que chacune travaillait, elle savourait un moment de repos bien mérité dans le seul lit du temple.

La paresse avait été si délicieuse qu'elle s'était laissée emporter dans un sommeil profond, jusqu'à être doucement réveillée par la mélodie gracieuse d'une cithare jouée par Oko. Vivre de cette manière était un plaisir inouï.

Assise à l'extrémité de la table, Éla raccommodait une chemise avec une aiguille et du fil, éclairée par le halo vacillant d'une chandelle à trois mèches. De l'autre côté de la table, Oko tenait une plume entre ses doigts, griffonnant sur des pages qu'il déposait çà et là, sans ordre apparent. De temps en temps, leurs regards se rencontraient, et dans ces instants fugaces, un sourire complice naissait entre eux, dispensant le besoin de mots superflus.

Elle était la seule personne envers qui il pouvait se permettre un tel égard. À qui d'autre pouvait-il bien sourire ? Cet homme était semblable à un ermite solitaire vivant dans une grotte au sommet d'une montagne. Contrairement à elle, Oko semblait s'être accommodé de son isolement, comme s'il se suffisait à lui-même…

« Comment fais-tu pour vivre ainsi ? » demanda-t-elle en brisant ce silence.

— Je te retourne la question, répondit-il sans lever la tête de ses manuscrits.

— Je vis là où je suis destiné à vivre. Je n'ai pas eu le luxe de choisir ma voie. Mais toi… tu as le choix de vivre ailleurs, pourtant tu es ici.

Pleinement concentré sur une page, Oko se frottait la mâchoire. Elle reprit :

« Les écrits disent que les hommes se réjouissent à l'extérieur des temples, qu'ils goûtent pleinement aux plaisirs de la vie, qu'ils bénéficient de toutes les grâces accordées par le Roi-Dieu. Ils peuvent dormir à leur guise, chanter, danser, s'amuser, et bien d'autres choses encore que je préfère ne pas énumérer. Tout cela sans être interrompus par aucune prière, sans être rappelés à leurs devoirs par aucun rituel. »

— Les écrits mentionnent également que puisque rien ne leur est interdit, les hommes se livrent à des querelles mortelles. Leur paresse les entraîne à négliger leurs récoltes et à délaisser leur foyer.

— Oui, mais toi, tu es plus sage qu'un homme. Jamais tu ne te laisserais mourir, ni même tuer. Tu es travailleur, fort, intelligent, et tu ne te lasses jamais de la tâche.

Il leva les yeux vers elle tout souriant.

« Tant de louanges de la part d'une sœur des signes ! Il était temps que ma valeur soit reconnue. »

Elle laissa échapper un doux rire en secouant légèrement la tête.

« Mais je suis obligé d'être honnête et de te corriger, reprit-il en posant sa plume et en s'enfonçant dans sa chaise. Ta comparaison est imparfaite. Comment peux-tu savoir si je suis meilleur qu'un autre homme si tu n'en as jamais rencontré d'autres ? »

— Les écrits dépeignent les hommes comme des bêtes sauvages, répondit-elle. À l'exception de Juno's le Magnifique, ils sont décrits comme des ivrognes, des paresseux et des êtres malveillants, c'est bien connu.

— C'est connu, répéta-t-il en écho. En effet, j'ai connu des hommes capables d'embrocher un bébé sans verser une seule larme. Mais j'en ai également connu d'autres prêts à sacrifier leur propre vie pour sauver un étranger. Et certains sont capables des deux dans la même journée. Personne ne sait qui est sage et qui ne l'est pas, Éla. Tes sœurs ne font pas exception à cette règle.

— Nous ne tuons personne, rétorqua Éla.

— Tu sais bien que si.

Oko évoquait les sacrifices rituels. Bien que présents chez les Sœurs des Signes, ils demeuraient assez rares et étaient toujours réalisés avec le consentement des personnes concernées, sans exception.

Éla déposa la chemise d'Oko sur la table et s'affala dans sa chaise, le dévisageant avec un sourire en coin avant de lui dire :

« Tu as peur des hommes. C'est pour ça que tu es ici. Tu trouves refuge dans nos temples. »

— Si ce temple avait été un monastère tenu par des moines, tu m'y aurais trouvé également. D'ailleurs, les choses auraient été même plus simples pour moi s'il n'y avait eu que des hommes dans ce temple.

— Ou si tu avais été une femme, sourit-elle.

— M'apprécierais-tu autant si j'avais été une femme ? demanda-t-il.

— Certainement ! s'exclama Éla. Je t'aurais apprécié bien plus encore. Nous aurions été les meilleures amies du monde. Nous n'aurions pas à nous cacher pour parler.

Il esquissa un sourire triste puis replongea dans l'étude de ses écrits avec un soupir. Intriguée par cette soudaine mélancolie, Éla chercha à lui redonner le moral en lui annonçant une bonne nouvelle :

« Sœur Ara m'a invité chez elle ce soir. »

— C'est une salope, rétorqua l'autre en pleine écriture. Méfie-toi d'elle.

— Tu penses que la sœur des Arcanes l'a envoyée pour me surveiller à mon tour ? Si c'est vrai, je n'avais pas l'intention de dévoiler ton secret. Je ne suis pas idiote.

Oko leva la tête, l'air songeur, et déclara :

— Je n'y avais même pas pensé… Non, ce serait trop complexe pour cette vieille. Je te fais confiance là-dessus. Mais reste quand même sur tes gardes avec sœur Ara. La plupart des sœurs qui ont atterri ici ne sont pas là pour avoir les mains baladeuses. On dit que sœur Ara peut être assez instable quand elle est en colère.

Il est vrai que si certaines sœurs sont venues ici pour éprouver leur foi dans le temple le plus austère, d'autres, telles que sœur Ara ou même Éla, ont été envoyées ici après avoir commis de graves fautes. Néanmoins, ce n'était pas à Éla de lui faire des reproches. Peu importe ce qu'elle avait pu faire dans le passé, cela appartenait au passé.

« J'ai isolé des séries de cunéiformes, annonça Oko en ramassant ses papiers puis en la rejoignant. Et je crois avoir compris à quoi servent ces petits triangles. Regarde… »

Il déposa les manuscrits devant elle. Des symboles cunéiformes étaient disposés en lignes successives, le tout formant vaguement un carré.

« … les triangles semblent servir à relier les calligraphies entre elles par un jeu de pointes, reprit-il.

J'ai découvert que certains carrés ne servent qu'à renvoyer des suites vers d'autres carrés grâce à ces triangles opposés. Regarde… »

Il déplaça les pages, les superposant et glissant certaines sur les coins pour faire coïncider les fameux triangles. Éla n'y voyait pas plus clair.

« … Parfois, il y a une structure de répétitions entre les carrés qui se renvoie l'un à l'autre. Une sorte de boucle qui se répète sans cesse… »

Oko continuait ses explications tandis qu'il se penchait près d'elle. Si près que l'une de ses mèches lui caressait la joue. Dès lors, elle perdit toute forme de concentration. Son cœur battait à tout rompre, sa respiration devenait haletante. Toute son attention était captivée par cette unique mèche qui effleurait sa joue à chacun de ses mouvements. Elle fut ensorcelée par ces caresses, ou plutôt saisie d'une intense excitation.

« Qu'y a-t-il ? demanda-t-il. Je vais trop vite, c'est ça ? »

— Oui, je n'ai pas compris, répondit-elle en s'écartant de lui.

Elle s'essuya la joue avec sa manche.

— Ce n'est rien. Je n'ai pas tout saisi non plus…, enfin, pour le moment. Mais le plus important, c'est que j'ai pu isoler des calligraphies. Chacun de ces carrés est une calligraphie céleste. Si la calligraphie azur utilise un ensemble d'idéogrammes, la calligraphie écarlate utilise un ensemble de caractère cunéiforme.

— Et que font-elles ?

— C'est là que tu interviens, Éla.

Il rassembla ses manuscrits en un seul tas.

« Avec ton spectre, je souhaiterais que tu reproduises chacune de ces calligraphies. Les unes après les autres. Il y en a 33 en tout. »

Heureuse de pouvoir enfin être à nouveau utile, elle sortit sans attendre son collier au bout duquel se trouvait le pendentif écarlate. Comme support, Oko sortit d'un tiroir fermé à clé un tas de feuilles vierges. Il chérissait ces feuilles comme la prunelle de ses yeux. C'était son trésor le plus précieux, à en croire ses dires.

Puisque le papier provenait exclusivement de Galdine, Oko était intraitable à leur sujet et pestait constamment sur les maigres quantités qu'il recevait de la "vieille", comme il l'appelait toujours. Il ne l'avait pas explicitement mentionné, mais Éla savait parfaitement qu'il ne fallait pas se tromper dans la reproduction de ces calligraphies, au risque d'en gaspiller inutilement.

Il déposa une feuille devant elle, puis s'assit patiemment à ses côtés. Avec soin, elle reproduisit chaque caractère inscrit dans le papyrus. La tâche n'était pas compliquée. Les petits clous, les points et les angles ne demandaient pas tant d'adresse que ça, finalement. Seulement, il ne fallait pas se perdre dans ce dédale de petits traits.

Lorsqu'elle eut terminé sa première reproduction, elle retira sa main du manuscrit et les symboles se mirent à briller d'un rouge vif. Ainsi, l'activation avait été réussie. Éla en était donc capable, contrairement à la calligraphie azur où elle avait accumulé tant d'échecs. Malheureusement, rien ne se produisit.

« Est-ce que tu t'attendais à une chose en particulier ? » Demanda-t-elle.

— Je m'attendais à ce que ça échoue, mais là, les symboles se sont illuminés, ce qui indique que ce carré de cunéiformes est bel et bien une calligraphie. Pourtant, malgré tout, rien ne se passe… Attendons sept minutes pour voir si la calligraphie réduit son support en cendres.

Lorsque sept minutes furent écoulées, les caractères tombèrent en cendres. C'était une chose étonnante. Avec la calligraphie azur, toute la feuille aurait fini par se dissoudre jusqu'à devenir un tas de poussière. Ici, seuls les caractères cunéiformes se désintégraient, laissant ainsi de petits trous sur le papier.

Néanmoins, c'était une preuve tangible de la nature céleste de cette calligraphie. Après avoir scruté la feuille sous tous les angles, Oko la conserva précieusement et passa à la prochaine page de calligraphie.

Tout comme pour la première, rien ne se passa avec la seconde. Et sept minutes plus tard, les caractères cunéiformes se réduisirent en cendres. Les troisième et quatrième calligraphies aboutirent au même résultat décevant.

Cependant, lorsque la sixième calligraphie ne produisit aucun résultat et qu'Oko tendit la main pour la retirer, sa main passa à travers la feuille.

« Tu as vu ça ! » S'époustoufla-t-il.

Il essaya de nouveau de s'en emparer, mais en vain. La feuille semblait complètement intangible. Pendant un instant, Éla se crut prise dans une illusion d'optique. Cependant, lorsqu'elle tenta à son tour de la saisir, ses doigts ne rencontrèrent que le bois de la table. Stupéfaite par cette étrangeté, elle éclata soudainement d'un rire d'incompréhension, aussitôt rejointe par Oko.

Oko tenta de souffler sous la feuille pour la faire s'envoler, mais elle resta parfaitement immobile. Éla versa un mince filet d'eau le long du papyrus, mais celui-ci le traversa et glissa sous la feuille sans même l'humidifier.

En levant un coin de la table pour faire glisser la feuille, Oko la fit passer au travers. Elle resta stable dans sa position d'origine, transperçant la table. Les deux poussèrent cette dernière pour laisser la page en suspens dans les airs, sans le moindre support pour la tenir.

Leur stupeur était palpable devant cette découverte. Tour à tour, ils se plaisaient à franchir la feuille, d'abord avec un bras, puis avec le ventre, la poitrine, et même en la traversant du regard, observant son tranchant avec attention. Cependant, ils mirent fin à cette dernière expérience, car l'idée que les sept minutes se terminent en ayant la feuille en pleine tête rendait le jeu moins amusant.

Pour conclure, Oko plongea une tasse en terre cuite à mi-hauteur et attendit que la calligraphie prenne fin.

Lorsque la calligraphie tomba en cendres et que la feuille devint matérielle, celle-ci resta attachée sur le milieu de la tasse. Comme si l'un et l'autre faisaient partie d'un tout.

« Ces symboles proviennent du métal incrusté, constata Éla. Pourtant, sur le métal, ils ne tombent pas en cendres, alors que sur cette feuille, si. Pourquoi ? »

— C'est sûrement grâce à l'alliage du métal et du spectre rouge. Cela semble empêcher toute dégradation.

— Oui, mais le métal incrusté est solide, on ne peut pas le traverser.

— En effet…

Il se gratta le sommet du crâne en observant attentivement la tasse en terre cuite traversée par la feuille. Une fissure marquait la verticalité de la tasse. Oko passa ses doigts dessus, explorant chaque contour avec précaution.

« Le métal incrusté était sans doute semblable à cette feuille, reprit-il. Impalpable et insensible aux choses. C'est pourquoi il s'est enfoncé si profondément dans la montagne. Et même si les carrés cunéiformes ne tombent pas en cendres, cela n'enlève rien au fait qu'ils ne durent pas plus de sept minutes. »

— Nous pourrions refaire ce carré écarlate sur le métal. Cela nous permettrait de le traverser et d'y entrer.

— C'est possible. Nous pouvons toujours essayer.

Oko semblait douter.

« Tu ne penses pas qu'on puisse y arriver ? »

— J'ai peur que ce ne soit pas aussi simple, admit-il. Toutes les calligraphies sont liées entre elles par ce système de triangles opposés. Inscrire des cunéiformes sur des cunéiformes déjà existants risque d'annihiler toute activation. Pour le moment, continuons avec les autres carrés et voyons ce que cela donne. Ensuite, nous pourrons les essayer sur le métal.

Ils poursuivirent leurs expériences avec les autres calligraphies. Si la plupart des "carrés", comme les nommait Oko, ne produisaient aucun effet, d'autres en revanche, influençaient le comportement des feuilles. L'une d'entre elles devint aussi solide que du fer, tout en conservant sa légèreté. Une autre devint totalement invisible aux yeux d'Oko, mais Éla, elle, la percevait rouge incandescent.

Une feuille se referma sur elle-même pour disparaître sans jamais réapparaître, même au-delà des sept minutes. En tout, quatre calligraphies écarlates avaient une incidence perceptible. Les effets des autres restaient un mystère.

« Tu pourras dire à la vieille que nous avons trouvé 33 calligraphies écarlates, conclut Oko une fois tous les carrés reproduits. Je vais faire des copies pour que tu les lui transmettes. »

— Je les lui rapporterai une à une. Ça devrait nous laisser un peu plus de temps, estima Éla.

Oko opina du chef, souriant, satisfait de voir Éla s'impliquer dans leurs manigances. Tous deux étaient conscients qu'il fallait nourrir la sœur des arcanes par petites cuillères. C'est à ce prix-là qu'ils pourraient travailler en paix durant les jours à venir. Car même s'ils progressaient dans la compréhension du métal incrusté, ils ignoraient si un jour ils réussiraient à l'ouvrir.

Si au début de sa mission, Éla était impatiente d'atteindre cet objectif, à présent, la perspective de voir le métal incrusté s'ouvrir et de voir Oko partir pour un autre temple la rebutait. Même si Oko était un homme, un rustre sans foi ni respect pour les signes du Roi-Dieu, elle ne désirait plus son départ désormais.

Oh, mon tendre Roi-Dieu, pria-t-elle intérieurement. *Cet homme m'a-t-il ensorcelée, ou suis-je devenue folle ?*

Avant que la prière du coucher ne débute, Éla et sœur Ifu rejoignirent ensemble la cellule de sœur Ara, où se trouvaient déjà sœur Aki et sœur Una. Toutes furent très attentionnées envers Éla et, contrairement aux avertissements d'Oko, sœur Ara se montra particulièrement chaleureuse et accueillante.

Elles s'échangèrent des tissus et des rubans, se coiffèrent et se maquillèrent ensemble. Leur plaisir mutuel était si grand qu'elles décidèrent de se retrouver après la prière du soir, où elles discutèrent jusqu'à tard dans la nuit.

Éla leur raconta l'histoire du temple de Galdine et de la reine immortelle qui en était le signe ; elle évoqua l'inondation qu'elle avait vécue lorsqu'elle était enfant, ainsi que les fastueuses cérémonies de mariage où les tables étaient ornées des mets les plus délicieux de tout l'empire.

Bien sûr, elle préféra ne pas aborder la mésaventure qui l'avait conduite jusqu'ici. Même si toutes les sœurs étaient au courant, Éla fit comme si cela n'avait que peu d'importance.

Enfin, elle leur conta comment elle avait réussi à s'introduire dans la chambre de "la sœur docte" Oko.

« … J'ai utilisé la calligraphie de l'embrasement pour fracturer la serrure, confia-t-elle, amusée. Et quand j'ai ouvert la porte pour entrer, j'ai trouvé le tapis en feu. »

— Mais où as-tu trouvé l'embrasement du Juste ? demanda sœur Ara.

Ainsi, Éla leur expliqua comment elle avait obtenu le papyrus de feu azur en frappant à la porte de sœur Izy, et elle leur relata comment elle avait surpris cette dernière en compagnie de sœur Ovi, toutes deux totalement ivres de nectar d'atrimel et à moitié dénudées, ayant légèrement exagéré leur état vestimentaire pour donner plus de piquant à son récit.

Éla éprouvait une grande satisfaction de les voir suspendues à ses lèvres et de les voir ensuite étouffer leurs rires.

7

Kléos

Lieu inconnu…

Kléos s'éveilla d'un sommeil profond. Lentement, il entrouvrit les paupières pour découvrir au-dessus de lui un plafond fait de poutres et de paille. Des rayons de soleil filtraient à travers les volets clos d'une fenêtre, traversant la poussière suspendue dans l'air pour finalement frapper le mur en face, illuminant ainsi ce qui semblait être l'intérieur d'une chambre. Kléos était étendu sur un lit de paille sous une épaisse couverture.

Les éclats de rire d'un enfant le firent pivoter la tête vers la porte close de la chambre. Kléos se redressa sur son coude, observant attentivement la pièce dans son ensemble.

Des armoires remplissaient cette chambre dont le sol était jonché de couvertures, de sacs de laine contenant des choses inconnues, de vêtements et d'un amas d'autres objets divers empilés le long des murs.

Il se redressa et s'assit au bord du lit. La couverture glissa sur son corps nu. Il remarqua des bandages autour de sa main et de son poignet. À côté de lui, sur une table de chevet, reposait un pichet en terre cuite. Après avoir vérifié son contenu, il remplit une coupe d'eau et but avidement jusqu'à étancher sa soif.

Il se leva un peu hagard. Un petit lézard se faufila sur le mur d'en face et se réfugia derrière une poutre. Ce dernier rappela à Kléos l'énorme reptile qui jouait de la queue pour appâter sa proie dans la forêt aux démons. Il se souvint également des ruines dans lesquelles il se trouvait et de sa mère qui l'avait sauvé des démons.

Elle voulait l'emmener à Galdine et il s'y était farouchement opposé avant de perdre connaissance.

Se trouvait-il à Galdine ?

Kléos se dirigea vers la fenêtre et y jeta un œil à travers les interstices des volets. Il découvrit un champ d'herbe haute s'étendant à perte de vue sous un ciel dégagé, éclairé par la lumière vive du jour. Ce paysage confirmait sans équivoque qu'il n'était plus dans la sombre forêt des démons. Bien qu'il fût totalement étranger à cet endroit, cette vue le rassura.

Une porte s'ouvrit dans son dos, laissant entrer une petite vieille dame. À la vue de Kléos, les fesses à l'air, elle laissa échapper un cri de surprise, faisant tomber la bassine d'eau qu'elle portait entre ses maigres mains ridées.

Kléos attrapa précipitamment la couverture sur le lit pour se couvrir, se sentant soudainement embarrassé dans ce lieu inconnu en présence de cette inconnue. La vieille dame, affichant une dentition clairsemée, éclata de rire avant de prendre la parole :

« Rijéro ! cria-t-elle. Ton ami est réveillé ! »

Rijéro ? Il ne connaissait personne de ce nom-là. Cette vieille femme parlait la même langue que lui, mais crachait les "R" à l'instar des habitants des îles du Sud. Était-il retourné sur l'archipel ?

Des bruits de pas rapides résonnaient, semblant gravir les marches d'un escalier avant de précipiter leur course jusqu'à la chambre. Chaque pas résonnait si lourdement que le plancher semblait frémir de crainte. Puis, tel un titan, un homme robuste d'une quarantaine d'années fit son entrée dans la pièce.

« Enfin ! dit-il d'une voix grave. Tu es réveillé. Comment te sens-tu ? »

— Il faut le laver ! dit la vieille dame.

— Non, maman. Laisse-nous, je vais tout nettoyer.

— La transpiration amène la maladie, insista la vieille en reluquant Kléos. Il faut le laver.

— Laisse-nous, maman. Ça ira, je te dis.

La vieille dame s'éclipsa, offrant à Kléos un petit sourire édenté avant de quitter la pièce. Kléos, troublé, ramena le drap sur lui. *Avait-elle déjà pris soin de moi pendant mon inconscience ?* se demanda-t-il.

L'homme nommé Rijéro ferma la porte.

« Tu te sens en forme ? » Demanda-t-il à nouveau.

Il récupéra la bassine pour la poser sur un meuble, puis saisit une couverture qu'il jeta sur le sol mouillé avant de la piétiner pour l'essuyer.

« Tu n'as pas à avoir peur de moi. Je suis guérisseur. Un simple guérisseur. »

— Où suis-je ? demanda Kléos.

— Sur l'île d'Ibajen.

— Ibajen ! C'est…, c'est l'une des îles administrées par le septième pilier : Galagon ash.

Il était donc bien retourné sur l'archipel. Vafline avait donc cédé à sa requête.

« La femme qui m'a amené ici… »

— Ta mère, Vafline.

— Oui. Vous la connaissez ?

— Bien sûr ! Sinon, pourquoi t'aurait-elle amené ici ?

— Où est-elle ?

— Elle est repartie hier. Elle a dit qu'elle ne pouvait rester plus longtemps. Que tu avais fait ton choix.

— Quand suis-je arrivé ici ?

— Il y a deux jours, en fin d'après-midi.

— Quel jour sommes-nous ?

— Le quinzième jour.

— Du jasmin ?

— Non, du lys.

Impensable ! fut-il saisi. Ainsi, elle aurait rejoint les ruines de la forêt à Ibajen en une seule journée. *Est-ce que voler permet un tel miracle ?*

« Bon ! Je vais te laisser t'habiller, reprit Rijéro. Il y a des vêtements sur la chaise là-bas. C'étaient ceux de mon frère. Il avait le même gabarit que le tien. On prépare un repas, alors, ne tarde pas. »

Lorsqu'il se retrouva seul, Kléos resta immobile un instant. Même s'il ne savait rien de son hôte, il se trouvait de nouveau sur l'archipel. Un mélange de réconfort et d'inquiétude s'empara successivement de lui.

Il prit une profonde inspiration, puis contourna le lit pour rejoindre la chaise sur laquelle se trouvaient des vêtements. Il souleva une chemise pour l'examiner attentivement. Elle semblait bien trop grande pour lui. En la portant à son nez, il fit une grimace : elle sentait mauvais.

Une fois habillé, Kléos rejoignit Rijéro dans le seul salon de la maison. Celui-ci tenait un petit garçon qu'il faisait sautiller sur ses genoux. Pendant ce temps, la vieille dame et deux autres femmes épluchaient des légumes devant un feu de cheminée. Une marmite en fonte reposait sur les flammes, répandant une odeur alléchante dans la pièce.

« Je te l'avais dit, lança Rijéro. Ces vêtements te vont à merveille. »

En réalité, Kléos les trouvait bien trop amples. Les vêtements qu'il portait habituellement étaient toujours ajustés à sa taille. Mais Kléos venait d'une famille aisée ; pour le commun des mortels, se mouvoir sans gêne dans leurs étoffes suffisait amplement.

« Je te présente ma femme Mirva, dit Rijéro en la désignant. Elle, c'est ma sœur Rinel et la vieille, c'est ma mère, Shijde. »

Il souleva l'enfant pour le présenter :

« Ce petit homme, c'est Plaï, continua-t-il. J'ai d'autres morveux, mais ils sont partis au marché. »

Kléos salua les femmes, se sentant perdu parmi ces gens. Il n'y a pas si longtemps, il se trouvait au cœur de mystérieuses ruines, cachées dans une forêt titanesque, entouré de démons, de félins géants et d'autres créatures cauchemardesques. Et maintenant, le voilà entouré d'une famille inconnue de l'archipel aux piliers. C'était déconcertant.

« Viens, assieds-toi. » Lança Rijéro en indiquant une chaise sous une fenêtre à proximité.

Kléos s'y dirigea et s'installa. Une des femmes lui tendit une tasse fumante. Kléos n'avait retenu aucun des prénoms cités par son hôte. Il ne savait même plus qui était cette femme. Était-ce sa sœur ou sa femme ?

« Bois ça, dit-elle. C'est du thé avec un peu de sucre. »

— Merci, gratifia-t-il.

La femme essuya ses larges mains sur son tablier. Elle possédait une carrure d'homme et semblait avoir une quarantaine d'années. Néanmoins, son visage n'était pas ingrat pour autant.

« Quand ta mère t'a ramené ici, expliqua cette femme. Tu étais pâle comme un cadavre. J'ai dit à mon mari : "enterre-le s'pauvre gaillard, il va hanter notre maison." »

— Mais tu respirais, rétorqua Rijéro.

— Mouais. Il a bien fait de pas m'avoir écouté.

L'autre femme (qui était donc la sœur de Rijéro) se leva à son tour et rejoignit la conversation. Elle était plus petite et plus mince que son frère.

« Vous ressemblez à Vafline quand elle était plus jeune. » Lança-t-elle.

— Vous avez connu ma mère ? demanda-t-il.

— Oh oui ! Il y a longtemps.

— Comment l'avez-vous connu ?

À cette question, le visage jovial de sa sœur s'assombrit et l'atmosphère devint subitement moins chaleureuse.

Haussant les épaules, la sœur tourna les talons pour retourner à l'épluchage des légumes.

« Un peu de soleil te fera du bien, lui dit Rijéro en déposant son fils au sol. Kléos et moi mangerons dehors, femmes de mauvaise compagnie. »

— Mauvaises compagnies ? reprit en écho sa femme. Tu boufferas de la terre, j'te l'dis, mon ami.

Kléos suivit son hôte dehors. En franchissant le seuil de la porte, il fut ébloui par la lumière du jour et porta sa main en visière. À sa droite, un petit potager se prélassait sous le soleil, tandis que des draps blancs séchaient sur un tronc d'arbre renversé.

Un peu plus loin, derrière la prairie d'herbe haute qu'il avait aperçue plus tôt depuis la chambre, s'élevait l'océan à l'horizon infini.

Kléos suivit Rijéro qui contourna la maison.

« Tu vois l'arbre peint en blanc là-bas ? » Demanda-t-il en pointant un doigt.

Au loin, Kléos vit un arbre dont le tronc était effectivement peint en blanc. Celui-ci se trouvait en bordure d'un champ d'orge.

« Je le vois. » Dit-il.

— Et celui-ci, à l'autre bout ?

Il tourna la tête jusqu'à l'apercevoir également, à l'autre bout du champ.

« Tout ce qui se trouve entre ces deux arbres m'appartient. Informa Rijéro avec une once de fierté. Ainsi que cette maison, bien sûr. »

— C'est une belle propriété, complimenta Kléos. Vous avez de quoi subvenir aux besoins de votre famille.

— Oui. C'est une vaste terre, tu l'as dit. Et ça demande beaucoup de boulot. Dans dix jours, je devrais pouvoir commencer la récolte.

— Vous en faites de la bière, c'est bien ça ?

— Non, je le vends à un brasseur qui le transforme en bière. En fait, il est le seul brasseur de l'île. Avec mon orge, il gagne autant d'argent en une saison que moi en deux saisons.

— Pourquoi ne pas la brasser vous-même dans ce cas ?

Il le regarda avec un sourire en coin. Kléos ne put interpréter ce sourire autrement que comme de la moquerie.

— Cette terre, reprit-il. Et cette maison appartenait à ta mère. Elle vivait ici autrefois. Bien avant ta naissance. Avant même qu'elle ne rencontre ton père.

— J'ignorais qu'elle était originaire d'Ibajen, fit Kléos en contemplant la maison.

— Je n'ai pas dit qu'elle était originaire d'ici. J'ai dit que cette maison lui avait autrefois appartenu. Ta mère ne vient pas des Treize. Elle a juste vécu ici pendant un certain temps, c'est tout. Vafline est une continentale.

Kléos fronça les sourcils. Malgré le règne étendu de Galdine sur une grande partie du continent, certaines terres avaient su préserver leur souveraineté face à l'impérialisme des calligraphes. Des petits royaumes aussi minuscules qu'une presqu'île jusqu'à des nations vastes comme un pilier de l'archipel. Ainsi, on désignait ces habitants comme "les continentaux", sans réellement se soucier de leur pays d'origine.

« Quel était le nom de son pays ? » demanda Kléos.

— Je l'ignore. Tout ce qu'elle m'a dit sur son passé, ce sont les montagnes qu'elle aimait contempler lorsqu'elle était enfant.

Kléos se désola de ne pas en savoir plus sur les origines de sa mère. Il s'était toujours considéré comme étant de souche insulaire. À ses yeux, tous ses ancêtres étaient nés, comme lui, dans l'un des treize piliers.

En apparence, rien ne changeait. Il demeurait Kléos Bois-du-Haut, fils de Qushen Bois-du-Haut. Mais au plus profond de lui, son attachement naturel envers les treize piliers perdait de sa légitimité. Il ne ressentirait pas de remords pour avoir anéanti la maison Octazi. C'était un soulagement ténu, mais un soulagement tout de même.

« Vous devez être un homme de confiance, dit Kléos. Si elle vous a confié le secret de son origine. »

— Mais tout le monde connaissait ses origines continentales. Son accent la trahissait.

— On connaissait ses origines et malgré cela, on a accepté mon père comme grand ambassadeur ?

— À l'époque, venir du continent n'avait rien d'extraordinaire. On acceptait même des commerçants galdiniens, si tu veux savoir. Ton père ne t'a jamais parlé de ses origines ?

Il secoua la tête.

Le père de Kléos n'avait que très peu évoqué sa mère. Et lorsqu'il le faisait, il ne dressait qu'un tableau vague et fade des jours passés avec elle. Kléos savait qu'elle était une calligraphe, mais de sa vie antérieure, il ne savait rien.

Si seulement elle était restée avec lui, elle aurait pu lui révéler davantage sur elle. Si seulement il était retourné avec elle, ils auraient pu vivre côte à côte comme un fils aux côtés de sa mère.

Il réalisait que sa soif de justice l'obsédait, voire l'aveuglait. Mais que pouvait-il faire pour apaiser une telle soif ? La seule solution semblait être de la satisfaire.

« C'est prêt ! » Lança la sœur de Rijéro en posant des bols sur une souche d'arbre qui servirait de table.

Ils prirent place sur deux chaises près de la souche et entamèrent leur repas. Un bouillon de légumes variés et quelques maigres morceaux de viande composaient le plat, accompagné de deux morceaux de pain.

« Bah ! cracha Rijéro. Une misère de viande. Elles préfèrent vendre mes poules plutôt que de les manger. »

Kléos souffla un petit rire de complaisance. Il arracha des morceaux de pain qu'il jeta dans le bouillon.

« Il y a quelques jours, dit Kléos. J'aurais tué pour un tel repas. »

— Ah bon ! Dis-moi, de quelle galère ta mère t'a-t-elle sauvé ?

— D'une galère dont on ne s'en sort pas d'ordinaire.

— À moins d'user de calligraphie, c'est ça ?

Tout en mastiquant, Kléos regarda Rijéro d'un air intrigué. Ce dernier connaissait donc le secret de sa mère. Malgré cela, il avait accepté de l'accueillir chez lui. Quel lien entretenait-il avec elle ?

Il avait posé la question plus tôt, alors qu'ils étaient à l'intérieur, mais cela avait créé un malaise. Il avait été poliment conduit dehors par la suite. Cependant, la question continuait de lui tourmenter l'esprit.

« Comment avez-vous connu ma mère ? » Finit-il par demander.

Rijéro émit un profond soupir et reprit une cuillère, puis une seconde. L'impression qu'il remplissait sa bouche pour éviter de répondre effleura l'esprit de Kléos. Mais ça n'était pas ça, Rijéro semblait prendre du courage.

« J'ai connu ta mère, j'avais à peine quinze ans. Tout juste venus du sud. Je suis de Forfress. Mon père, c'était un guérisseur nomade. Il n'y en a pas à Cultion, mais à Forfress c'est très courant. On vit dans une immense caravane et l'on fait le tour des villages pour proposer nos soins contre une poule, une casserole ou une babiole. Les gens donnaient ce qu'ils voulaient ou ce qu'ils pouvaient. »

Il mélangea son bouillon et reprit une grande bouchée, puis croqua dans son pain à pleines dents.

« Enfin, quoi qu'il en soit, à Cultion, on n'aime pas ce genre de manigance. On préfère voir les gens à leur place. Des maisons roulant, ça n'avait pas de sens pour eux. »

Il se mit à rire et Kléos l'imita par courtoisie.

« Il n'était pas rare que nous soyons accueillis à coup de pierres et d'insultes. Mon père évitait soigneusement les villages moyens. On passait sans problèmes dans les petits villages ou les grandes cités aussi, mais pas les villages moyens. Il y avait trop de gens et pas de garde pour nous protéger d'eux. »

Il prit une nouvelle bouchée suivie d'un long silence. Il reprit :

« Mon père t'a soigné. Quand tu n'étais pas plus gros que mon dernier fils. Vous aviez une villa à… »

Il réfléchit en se grattant l'arrière de l'oreille avec le manche de sa cuillère.

« ... Je sais plus comment s'appelle cet endroit. Il y avait un ruisseau qui passait sous vos murs. »

— Siboja..., murmura Kléos, son esprit s'évadant vers ce lieu imprégné de nostalgie.

— Siboja, oui, c'est bien ça. Belle villa, je m'en souviens. Ton père se méfiait de nous comme de la vérole. Mais ta mère a insisté pour nous faire entrer. Il n'y avait aucun médecin aux alentours et tu peinais à respirer. Ainsi, après que mon père t'ait soigné, le tien nous paya grassement, puis il nous a immédiatement flanqués à la porte. À cette époque, il souhaitait devenir premier administrateur de la capitale et il craignait que l'on surprenne l'une de nos caravanes devant chez lui. Enfin bref, quelques jours plus tard, des brigands nous sont tombés dessus. Ils ont tué mon père. Ils ont abusé de mes sœurs, de ma mère et de mon petit frère.

« Que Vasalion apaise leurs âmes, pria-t-il en pressant doucement ses doigts contre ses lèvres avant de les poser délicatement sur son front. Moi-même, j'ai connu ma part de souffrances. »

Il souleva sa chemise et montra les stigmates de morsures. Des morsures de chien, semblait-il.

« Ta mère est intervenue ce jour-là, poursuivit-il. Elle rentrait à la capitale et a remarqué notre caravane. Sans doute souhaitait-elle nous saluer. C'est une femme d'une grande bonté. »

Kléos sourit tristement.

« Ce jour-là, elle nous a sauvés d'une manière peu orthodoxe. Tu sais de quoi je parle. Et elle nous a amenées ici, moi, ma mère et mes sœurs. Elle nous a cédé sa maison et ses terres. Grâce à elle, nous avons pu nous relever après notre chute, après nos morts. Grâce à elle, nous vivons paisiblement. »

Il prit une nouvelle bouchée, puis poursuivit :

« Depuis ce jour, nous nous sommes promis de demeurer discrets, de nous fondre dans l'anonymat. Nous évitons de nous mêler des affaires des autres. Jamais nous ne mettons de pression sur le seul brasseur de l'île pour augmenter ses prix, sachant que nous pouvons aisément brasser notre propre orge pour produire notre propre bière. Notre unique désir est de vivre en paix. »

Un sentiment d'inquiétude submergea Kléos. Il réalisa soudain le danger imminent pour Rijéro et sa famille. Si l'armée venait à le découvrir ici, ils connaîtraient tous le même funeste sort : l'exécution, sans la moindre clémence. La maison Octazi ne s'encombrait pas de témoins.

« Je vois, dit Kléos en déposant la cuillère dans son bol. Je vais vous laisser. Encore merci pour tout. »

Kléos se leva.

« Où comptes-tu aller comme ça, petit ? » Demanda Rijéro.

— Je vous quitte. Je ne souhaite pas vous causer d'ennui, Rijéro.

— Ne t'occupe pas de ça ? Contente-toi d'aller mieux.

— Je vais déjà bien. Je vous assure que je peux partir.

Rijéro se leva à son tour, se plaçant devant Kléos avec une stature qui le dominait d'une tête. D'un geste ferme, ce dernier posa sa main sur sa poitrine et le repoussa. Kléos tituba en arrière avant de chuter lourdement sur ses fesses.

« Tu as un sacré problème d'équilibre, mon petit, taquina Rijéro avec un léger rire. Je t'ai observé descendre les marches de l'escalier tout à l'heure. Elles semblaient trop hautes pour toi. Et quand tu marches, tu laboures le sol. Tu ne partiras pas d'ici sans que j'aie donné mon accord. »

Kléos usa de toutes ses forces pour se relever. Cet homme avait une dette envers sa mère et non envers lui. Il n'avait aucun droit de le malmener ainsi.

« Je… je vous interdis de me pousser ainsi. Je partirai quand bon me semblera ! Vous ne réalisez pas les dangers que vous courez en me recueillant chez vous. Soyez un chef de famille digne de ce nom et laissez-moi passer. Ne me forcez pas à recourir à la force. »

Rijéro éclata de rire. Puis, il reprit sa place et croqua dans son pain avec satisfaction.

« Petit bourgeois en porcelaine, dit-il. Ferme-la, assieds-toi et mange. »

Kléos abandonna l'idée de partir sans le consentement de son hôte. Bien qu'il brûlât d'impatience de se rendre à Cultion, il se retrouvait confronté à un obstacle insurmontable. Que pouvait-il faire sans pinceau céleste ? Il était pourtant convaincu d'en avoir tenu un dans les ruines. Mais était-ce réel ou simplement le fruit d'une illusion ?

Durant le repas, Kléos avait demandé à Rijéro ce qu'il était advenu de ses affaires. Ce dernier avait avoué les avoir brûlées, craignant qu'elles ne soient porteuses de maladies. Il n'avait rien ajouté concernant le pinceau céleste.

Il semblait étrange que sa mère l'ait déposé sur l'archipel sans lui fournir les moyens de réaliser son ambition. Elle avait probablement laissé un pinceau céleste à Rijéro. Cependant, Kléos ne voulait pas aborder le sujet pour le moment, du moins, pas avant de quitter les lieux.

Certes, ce guérisseur était au courant du secret de sa mère, mais ce secret lui avait sauvé la vie. Kléos n'était pour lui qu'un fardeau, rien de plus. Comment réagirait-il s'il découvrait qu'il hébergeait un calligraphe sous son toit ?

Le soleil déclinait sur les vastes champs d'orge, baignant l'horizon d'une lumière dorée. Kléos, adossé contre le tronc d'un arbre, laissait son regard errer dans le paysage céleste, où le rose se fondait avec harmonie dans l'azur, parmi les nuages.

Une pensée lui traversa l'esprit : sa mère avait-elle, autrefois, partagé cette même contemplation depuis cet endroit ? Au loin, dans un coin du firmament, l'éclat du monde de Fazem s'intensifiait à l'approche du crépuscule.

Chaque fois qu'il contemplait ce scintillement bleuté, les pensées de Kléos se tournaient invariablement vers son père. Cette planète exerçait sur lui une fascination sans pareille. Dans leur demeure, le père de Kléos avait aménagé un espace secret où s'accumulaient tous les objets en lien avec ce monde lointain : dessins, sculptures, livres et autres artefacts mystérieux que l'on disait venir de là-bas.

La plupart des récits évoquaient Fazem comme l'ancienne demeure des quinze dieux et de bien d'autres divinités encore. On racontait que là-bas, les hommes étaient vénérés par les puissances célestes. Que les dieux avaient érigé des demeures aussi imposantes que des montagnes, faisant couler des rivières de breuvages miraculeux et offrant des fruits délicieux à profusion, tout au long de l'année.

Pour son père, toutes ces histoires n'étaient que balivernes, destinées à entretenir l'illusion des âmes simples. Pour lui, Fazem n'était rien de plus qu'un monde parmi tant d'autres. Il doutait même que ce monde fût habité par des êtres similaires aux hommes et femmes de Panem.

Mais une certitude demeurait : lors de la précédente rencontre des deux mondes, Fazem s'était approchée si près que de nombreuses personnes à travers le globe avaient bel et bien observé des habitations érigées sur sa surface.

Kléos avait interrogé son père sur la possibilité que les habitants de Fazem aient développé leur propre calligraphie. En guise de réponse, son père s'était contenté d'un simple haussement d'épaules.

Voici donc la principale discorde entre le père et le fils. Tandis que son père était obsédé par un mystère lointain et inaccessible, Kléos, lui, s'attachait à un mystère tangible, à sa portée. Jamais son père ne s'était intéressé à la calligraphie. Était-ce parce qu'elle était prohibée, ou simplement parce qu'il n'avait aucune affinité avec cet art ?

Fazem était un monde où le hasard du temps offrait à certains la chance de pouvoir l'admirer dans toute sa splendeur. Son père aurait dû être l'un de ces spectateurs privilégiés. Hélas, à cause des actions de son fils, cette opportunité lui fut cruellement arrachée.

« Père, pardonne-moi… » Murmura-t-il en ramenant ses genoux contre son front, laissant échapper ses larmes.

Kléos fit son entrée au moment où la soupe du soir fut servie. Pendant le repas, il fit la connaissance des trois autres fils de Rijéro, tous dans la vingtaine. La vieille mère de Rijéro s'installa à ses côtés et ne cessait de sourire à Kléos, posant parfois sa main sur son genou.

Pendant le repas, Rijéro et sa femme dominaient la conversation. Rijéro captivait l'attention en relatant l'anecdote sur le boulanger du village qui avait eu son dernier fils après avoir eu une liaison avec la femme de l'oracle. Il décrivait avec vivacité comment cette dernière avait habilement caché sa grossesse à son époux jusqu'à l'heure de l'accouchement, moment où elle avait discrètement remis l'enfant au boulanger.

« … Et pendant la bénédiction de son propre fils, dont il ignorait être le père, reprit Rijéro, les larmes aux yeux. L'oracle est venu me trouver et m'a avoué qu'il aurait souhaité que sa femme lui en donne d'aussi beaux. Cet imbécile ! Il est aussi laid qu'une chèvre ! »

Un éclat de rire se propagea autour de la table après cette histoire, que la plupart avaient sans doute déjà entendue, à l'exception de Kléos. Rijéro eut la maladresse de prendre une gorgée de bière, mais la recracha immédiatement en riant de nouveau, manquant même de s'étouffer, ce qui déclencha chez Kléos un rire irrépressible.

Alors que son rire semblait s'harmoniser avec ceux des autres, il fut soudainement assailli par les remords et les regrets, comme un coup de fouet cinglant. Son rire s'affaiblissait progressivement jusqu'à se transformer en un simple rictus.

Il se remit à songer aux Octazi et aux membres de la section secrète, ainsi qu'à tous les obstacles qui le séparaient d'eux.

C'est sur leurs dépouilles que je devrais rire, pensa-t-il avec amertume. *Je n'ai nullement droit aux plaisirs de l'existence. Ma rédemption, c'est ma justice...*

8

Cakoon

Alinila

Alinila se tenait debout, face à la vaste fenêtre de sa chambre, laissant les premiers rayons d'un soleil sans nuages l'envahir. La nuit avait été courte, et elle avait été témoin du lever du jour, ainsi que des premiers déplacements des domestiques.

Apercevant la lumière dans la chambre, Magnéla avait osé y pénétrer. Alinila, après avoir revêtu une robe verte dont les plis nombreux se tordaient gracieusement le long de son corps, lui confia la tâche de lui rapporter le petit-déjeuner ainsi que les rumeurs circulant sur l'absence de Milithor.

Lorsqu'elle revint avec le plateau en main, Magnéla lui confia que personne n'avait encore remarqué la disparition de ce dernier. Pourtant, Son Altesse Yolan's l'avait vue commettre ce meurtre. Aurait-il gardé le secret ?

Et que dire de son commanditaire, Ibvano Kraïcie ? Pourquoi n'était-il pas venu la retrouver durant la nuit ? Ne serait-ce que pour la tuer. Elle s'y était pourtant préparée, son pinceau en main. Mais il ne s'était jamais présenté…

Alors qu'elle sirotait un lait chaud d'atrimel préparé par sa domestique, Maïsson fit irruption dans sa chambre sans même prendre la peine de frapper.

« Le consul Roùjen vous fait demander. » Dit-il.

Les regards inquiets d'Alinila et de Magnéla se croisèrent alors que cette dernière réajustait les couvertures de son lit. *Pourquoi n'ai-je pas fui durant la nuit ?* regretta-t-elle.

Yolan's avait délié sa langue, c'était certain. Cependant, il n'était pas encore trop tard, une convocation n'était pas une arrestation. Elle pourrait toujours nier, puis s'éclipser le moment venu.

Elle attrapa une veste d'un vert légèrement plus sombre que sa robe, puis suivit Maïsson.

Le consul Roùjen se tenait à l'extérieur, profitant d'une matinée idéale pour une promenade. La rosée scintillait sur les herbes et les branches dénudées des arbres. Une fraîcheur agréable régnait et des volutes de vapeur s'échappaient des respirations, mais le calme ambiant, conjugué à l'absence de vent et aux doux rayons du soleil, procurait une sensation de sérénité enveloppante.

Elle emboîta le pas de Maïsson à travers le jardin consulaire. Contournant le bassin, ils se dirigèrent vers le petit pont où se tenait Roùjen, poussé par une domestique et accompagné de Son Altesse Impériale Yolan's.

Le visage de Yolan's, dissimulé derrière son masque, empêchait toute tentative d'interprétation de son humeur. En revanche, un masque aurait peut-être apporté plus d'expressivité au consul Roùjen.

« Tu as souhaité me voir ? » Demanda Alinila, ignorant la formalité des salutations.

Roùjen la fixa d'un regard sombre avant de reprendre une expression plus cordiale. Il déclara :

« Son Altesse Yolan's Zéphirion ne nourrit aucune rancœur à l'égard de ta maladresse d'hier. Son Altesse est trop clémente, mais je te demande néanmoins de lui présenter des excuses. »

— Des excuses ? s'étonna-t-elle.

Devait-elle s'excuser d'avoir enflammé un domestique dans les cabinets d'aisances ?

« Tu as commis un impair lors du dîner de bienvenue. En tant qu'hôte, je m'attends à ce qu'il soit réparé. »

Elle le considéra quelques instants avec perplexité, puis son regard se porta sur Yolan's.

« Veuillez m'excuser, Votre Altesse, s'excusa-t-elle. Je ne souhaitais nullement vous offenser. »

En réponse, elle ne reçut qu'un léger signe de tête de ce dernier.

« Bien, s'enthousiasma mollement Roùjen. Ceci étant réglé, Votre Altesse, des affaires urgentes requièrent mon attention. Je vous retrouverai pour le déjeuner. »

Roùjen prit aussitôt congé, laissant Son Altesse seule avec elle. Comme l'avait suggéré Ibvano, Yolan's ne représentait aucun intérêt. Roùjen en avait parfaitement conscience, sinon il ne l'aurait jamais laissée seule avec Alinila.

Si Yolan's était si insignifiant, pourquoi ne pas s'en débarrasser ? se demanda-t-elle. Même s'il ne l'avait pas encore dénoncé, il l'avait surpris tenant un spectre mauve dans sa main. Si les éveillés venaient à surgir, Son Altesse pourrait facilement faire le lien.

L'idée de le tuer lui semblait si simple. Il lui suffisait de l'attirer un peu plus loin dans le jardin, à l'abri des regards. Quelques idéogrammes bien placés et ce serait fini. Ensuite, elle n'aurait qu'à disperser ses cendres le long du chemin de cailloux. *Un véritable jeu d'enfant !*

« Permettez-moi de vous accompagner pour une petite promenade, Votre Altesse. » Proposa-t-elle avec douceur, en prenant son bras.

Il était aussi fébrile qu'un chaton à peine né. Il suffisait qu'elle tire légèrement sur son bras pour le faire avancer.

« Dites-moi, Votre Altesse, que pensez-vous avoir vu hier ? » Questionna-t-elle d'un ton enjoué.

— Je n'ai rien dit à personne de ce que j'ai vu, répondit ce dernier.

— Oh ! Vous m'en voyez ravie. Cependant, j'aimerais tout de même savoir exactement ce que vous avez vu, et peut-être, rectifier certaines…

— Interprétations ?

— C'est tout à fait cela, Votre Altesse.

Peu à peu, ils s'éloignèrent du manoir consulaire, se glissant entre de hautes haies qui les soustrayaient aux regards indiscrets des nombreuses fenêtres de la demeure. L'endroit semblait idéal. Cependant, à mesure qu'ils avançaient vers l'intimité de cet endroit isolé, le doute grandissait en elle.

Tout de même… tuer une Altesse Impériale… C'est assez risqué comme assassinat, se dit-elle.

« J'ai vu le spectre mauve et l'usage que vous en avez fait. » Avoua-t-il.

— De quel usage parlez-vous ? demanda-t-elle.

Elle délaissa le frêle bras de Son Altesse, glissant ses mains dans les poches de sa veste où reposait son précieux pinceau céleste.

« Le domestique qui nous avait annoncé lors de notre arrivée, vous lui avez calligraphié la convoitise du traître avec un spectre mauve. »

Elle marqua un arrêt, se tournant vers lui tout en serrant fermement le manche du pinceau. Ainsi, il avait tout vu.

« J'ai assisté à sa transformation, continua-t-il. J'ai vu sa tentative de vous éliminer avant de se consumer lui-même. Votre calligraphie était faible. Heureusement pour vous, d'ailleurs. »

Faible ? Cette remarque assombrit l'humeur d'Alinila.

— Pourquoi a-t-il essayé de me tuer ? lui demanda-t-elle puisqu'il semblait connaître le sujet.

— Vous veniez de le condamner à une mort certaine, tout en lui accordant des pouvoirs divins. J'imagine qu'il souhaitait vous emporter avec lui.

— Ne devait-il pas se soumettre à ma volonté ?

— La convoitise du traître ne permet pas le contrôle. Le transfert ne s'opère pas dans ce cas-là. Mais…, pourquoi avez-vous tué cet homme ? Était-ce simplement une expérience ou aviez-vous des griefs contre lui ?

— Disons un peu des deux, répondit Alinila en reprenant la marche. C'était un violeur. Croyez-moi, il ne manquera à personne.

— Par le Roi-Dieu ! s'exclama Son Altesse en rattrapant Alinila d'un pas pressé. Il s'en est pris à vous ? Une calligraphe et la fiancée du consul ?

Elle arqua un sourcil avec intérêt. Si Alinila laissait entendre qu'il s'agissait d'une affaire de vengeance personnelle après un viol, Son Altesse pourrait être saisie de compassion envers elle, ce qui lui éviterait peut-être de devoir le tuer.

Non, il a vu mon spectre mauve, je ne peux pas le laisser vivre.

« Mais pourquoi ne pas avoir utilisé un spectre azur ? demanda-t-il. Je ne comprends pas ce choix. »

— Mon spectre azur…, murmura-t-elle, s'arrêtant à nouveau pour faire face à Son Altesse.

Elle tira le spectre azur de sa poche et le plaça entre elle et lui, observant attentivement le trait bleu tracé dans son sillage. Son Altesse Impériale demeura immobile.

« Il aurait été plus simple de le tuer avec celui-ci, dit-il sans comprendre le danger de la situation. À moins que vous ne l'ayez pas sur vous ce soir-là. »

Sans le savoir, cette suggestion de Son Altesse impériale venait de lui épargner une mort tragique. Elle éteignit la lueur de son pinceau céleste et prit quelques instants pour réfléchir à ce qu'elle allait dire.

« C'est exact, finit-elle par concéder. Ce soir-là, je n'avais que le pinceau mauve en ma possession. Je l'avais acheté le matin même. »

— Le commerce de spectre est interdit en dehors de Galdine. Qui vous l'a vendue ?

— Un commerçant de Cakoon. Il m'a confié l'avoir acheté à un homme qui disait l'avoir trouvé dans le cimetière. Cela me paraissait douteux, mais lorsque j'ai tenu ce spectre et qu'il s'est mis à briller, je n'ai pas hésité.

— C'est étonnant…

— En effet. Je me demande à qui appartenait ce spectre et pour quelle raison il se trouvait à l'abandon, dans le cimetière.

— Je devrais probablement en parler à maître Kraïcie, ajouta-t-il avec réflexion.

— N'en faites rien, supplia-t-elle en prenant à nouveau son bras pour le pousser à marcher. Je vous demande instamment de garder ce secret. Entre vous et moi seulement.

Elle serra son bras contre son sein.

« Je ne sais pas…, murmura-t-il, hésitant. C'est une affaire des plus graves. Il faut informer le consul de ce qui se passe dans sa cité. »

Cet homme était définitivement insensible aux charmes féminins.

— Si cela vous semble nécessaire, soit, acquiesça-t-elle respectueusement. Je m'en remets à votre jugement, Votre Altesse. Je dénoncerai la personne qui m'a vendu ce spectre. J'espère seulement que le consul se montrera indulgent envers ce pauvre père de famille. J'avouerai également avoir tué ce domestique. Pensez-vous que si je déclare qu'il m'a lâchement violée, Galdine se montrera clément envers moi ?

Avec un effort de concentration, elle parvint à rendre ses yeux légèrement vitreux, évitant toutefois tout excès de dramatisation.

« Non ! reprit-elle. Ne dites rien ! Je connais la réponse à cette question. Qu'importe les raisons, un calligraphe tuant un non-calligraphe est irrévocablement puni de mort. C'est ainsi… »

— Vous… Vous n'êtes pas obligé de parler de cet incident. Nous pouvons simplement dire que vous avez trouvé ce spectre dans le cimetière.

— Garder un secret est une chose aisée, Votre Altesse, mais mentir ouvertement à mon futur époux et à la justice impériale… Non, j'en serais incapable, déclara-t-elle avec une pointe de naïveté.

Son Altesse s'arrêta et se tourna vers elle, prenant ses épaules entre ses mains.

« Alors, nous garderons le silence. Ne parlez à personne de ce spectre et de ce vil domestique. J'en ferai de même. » Assura Son Altesse.

— Vous, vous feriez cela pour moi ?

— Je vous en donne ma parole.

— Et bien je…, je vous en serais éternellement reconnaissante, Votre Altesse.

Elle exprima sa gratitude en l'enlaçant dans ses bras, priant pour que cette ruse fonctionne.

Si jamais les éveillés se manifestaient, Yolan's ne ferait pas le rapprochement avec elle. Même s'il possédait un soupçon de perspicacité, il conjecturerait peut-être que le spectre mauve, déniché par un étranger dans le cimetière, avait été potentiellement employé par un mystérieux calligraphe pour ramener les morts à la vie avant de fortuitement atterrir entre les mains d'Alinila.

Ce stratagème continuerait de fonctionner tant que Yolan's gardait pour lui le secret de l'affinité d'Alinila pour la calligraphe mauve. Car dans le cas contraire, il serait facile de faire le lien entre ses visites nocturnes au cimetière et l'apparition des éveillés.

Mais existait-il une autre alternative ? Éliminer Yolan's déclencherait immédiatement une enquête de la part de Galdine. Car malgré le mépris général à son égard, il demeurait un membre de la famille impériale, un Zéphirion issu de la lignée directe de l'empereur.

Ils reprirent leur marche entre les hautes haies. Le sentier les conduisit une fois de plus vers la partie dégagée du vaste jardin.

« Je suis néanmoins ravi d'avoir pu assister à cette démonstration. » S'enthousiasma Son Altesse sous son masque.

— Vous parlez de mon échec d'hier. Je n'ai pas eu le temps de bien m'entraîner avec ce spectre.

— Ne soyez pas si dur avec vous-même. La plupart des calligraphes de Galdine maîtrisant le mauve ne savent réaliser que des golems de petite taille.

— Il y en a d'autres ?

— Oui, quelques centaines.

— Quelques centaines ! fit-elle, interloquée. Je pensais que les calligraphes à spectre mauve se comptaient sur les doigts d'une main.

— Autrefois oui, mais depuis la venue de maître Kraïcie, les calligraphes de golem se sont multipliés dans les loges.

Elle s'immobilisa soudain, surprise par cette révélation. Voyant qu'elle s'était arrêtée, Son Altesse Yolan's se tourna vers elle.

« Qu'a-t-il à voir avec cela ? » Demanda-t-elle.

— Il y a quelques années, maître Kraïcie est arrivé à Galdine avec un coffre rempli de ces spectres osseux, répondit Yolan's. En quelques mois seulement, il est devenu un homme riche et influent. C'est en partie grâce à cela qu'il a fini par obtenir une place dans la loge impériale. Cela, et bien sûr, sa remarquable habileté avec le pinceau azur. D'ailleurs, il est fort probable que votre spectre provienne indirectement de lui.

Un léger sourire se dessina au coin des lèvres d'Alinila. La pensée que d'autres spectres mauves étaient en circulation la réconforta. Si des centaines de personnes possédaient ce type de spectre, cela la déchargerait de tout soupçon exclusif. Les choses semblaient se remettre en place. Il ne restait plus qu'à éliminer son cher commanditaire.

« Où est Ibvano à présent ? » Demanda-t-elle.

— Maître Kraïcie est parti visiter le cimetière depuis l'aube. Il souhaitait réserver un emplacement pour ses futures funérailles.

Elle prit une longue inspiration.

« Bien ! Votre Altesse, je dois vous laisser à présent. Je vous retrouve plus tard. »

— Avec plaisir. Et j'adorerais admirer vos tableaux.

— Mes tableaux ? Qui… c'est Vafline qui vous a parlé de ça

— Elle m'a beaucoup parlé de vos talents pour la peinture. Il me tarde de voir vos œuvres.

— Tout comme il me tarde de vous les montrer, Votre Altesse.

Elle lui adressa une légère révérence avant de s'éclipser. Il soupira intérieurement. Quelle corvée ! Jouer les accompagnatrices pour une altesse, feindre d'apprécier ses plaisanteries, subir ses lamentations royales. Mais tel était le prix de sa fidélité.

Sous le soleil éclatant, Cakoon fourmillait d'activité, vibrant d'une énergie contagieuse. Ce jour-là, les sombres navires funéraires en bois noir étaient autorisés à accoster pour décharger les défunts de l'empire. Les bousculades et les piétinements n'étaient pas rares et nul ne semblait s'en plaindre. Nul, sauf Alinila qui prenait habituellement grand soin d'éviter les heures sacrées où les morts venaient par millier.

Les rues étaient encombrées de charrettes, certaines transportant même des dizaines de cadavres entassés les uns sur les autres. Chaque corps était enveloppé dans des draps aux teintes variées, révélant ainsi leur origine géographique.

Elle connaissait le rouge pour Galdine, le vert pour la cité des lions, l'orange pour la cité voisine : Piedumont. Et bien évidemment le blanc pour Cakoon. S'ensuivent d'autres couleurs unies ou rayées pour des cités moins importantes.

Si seulement il n'y avait que les morts, cela serait encore supportable, mais il y avait aussi les membres de leurs familles. Ceux qui avaient les moyens d'accompagner leurs défunts se pressaient dans les rues, se mêlant à la foule qui se dirigeait vers le cimetière. Une fois leurs morts dignement pleurés, ils dépenseront leurs bourses dans les tavernes et les bordels.

À ce spectacle de couleurs et de tumulte s'ajoutait l'odeur. Non pas l'odeur putride des cadavres plus ou moins embaumés, à laquelle Alinila s'était habituée, mais celle des encens émanant d'un parfum différent à chaque maison, chaque auberge, chaque bordel et chaque commerce. Tout cela se mêlait aux étals de poissons, d'épices, de fruits, de pains, de merdes, de pisses…, ça vous retournait l'estomac. D'ailleurs, Alinila déversa son lait d'atrimel dans une petite ruelle adjacente épargnée par la foule.

Le cimetière était lui aussi imprégné d'une ambiance festive. Les sentiers serpentant entre les tombes étaient bondés de monde. Les stèles de marbre recueillaient de brèves prières des passants, tandis que des saltimbanques jouaient divers instruments de musique sous les arbres centenaires, décorés de quelques rubans colorés.

Toute cette agitation était sous la surveillance attentive des moines-soldats revêtus de rouge, qui dominaient la foule depuis les mausolées. Ils étaient les gardiens vigilants des traditions. Parfois, l'un d'eux entonnait une prière ou criait les noms de défunts depuis longtemps oubliés.

Que penseraient-ils tous, s'ils savaient que sous leurs pas reposent des cadavres, remuant la terre pour réveiller leurs congénères ? Ils s'enfuiraient en abandonnant leurs hommages. Peut-être que ce jour viendra…

Dans cette foule, maître Ibvano Kraïcie pouvait se trouver n'importe où. Alinila n'avait aucune idée de l'endroit où il pouvait être. Elle décida de se rendre en premier lieu dans la parcelle du cimetière dans laquelle elle avait éveillé les morts. L'endroit couvrait une toute petite zone du cimetière, mais cette petite zone égalait presque la cité de Cakoon.

Contempler cet endroit à la lumière du jour lui donnait l'impression d'être plongée dans un rêve. Elle passa près d'un cercle de terre fraîchement retournée. C'était ici qu'elle avait mis fin à la vie de ses deux fossoyeurs avant de les ensevelir. Aucune stèle, aucune fleur. Rien ne venait agrémenter ce lieu sinistre, à l'exception de la terre et des déjections d'un chat comme seules offrandes.

Ces deux-là sont morts pour préserver le secret d'Alinila, alors que Yolan's s'en tirait avec une histoire à dormir debout. *Telle est l'injustice de ce monde, se réconforta-t-elle. Non ! Telle est l'injustice de mes actes !*

Il était inutile de se lamenter sur eux, ça ne les ramènerait pas à la vie. D'autres s'en chargeront peut-être…

Plus loin dans la parcelle, les voyageurs et les moines se faisaient plus rares. Aucune figure illustre ne reposait en ces lieux. De surcroît, seules les artères principales menant au nord, à l'est et à l'ouest absorbaient la majeure partie de la foule. Depuis bien longtemps, plus personne n'était inhumé en périphérie de Cakoon, à l'exception de la parcelle sauvage. C'est probablement la raison pour laquelle son employeur avait choisi cet endroit.

L'un des sentiers qu'elle emprunta la conduisit en contrebas d'une falaise, où se nichaient des sépultures taillées dans la roche. C'est là qu'elle le trouva. Maître Ibvano Kraïcie était assis sur un banc de marbre, à l'ombre d'un arbre sacré, entouré de rubans de prière.

Ce dernier semblait à la fois si âgé et si frêle qu'elle peinait à imaginer qu'il fasse partie de la loge impériale. Cependant, elle savait qu'elle ne devait en aucun cas sous-estimer cet homme, au risque de le payer de sa propre vie.

Par précaution, elle fit demi-tour et se dirigea vers la statue en cuivre d'une femme qui gisait depuis longtemps hors de son piédestal. À moitié enfoui dans le sol, son visage vert-de-gris était pris dans les ronces. La statue semblait patienter, comme si elle attendait d'être délivrée de ses entraves. *C'est parfait !* se réjouit Alinila.

Après avoir pris soin de la statue, Alinila retourna auprès de son mystérieux employeur, cette fois-ci en lui faisant face. Il demeurait immobile comme une statue. Lorsqu'elle se tint devant lui, elle remarqua qu'il avait les yeux clos. Certains calligraphes pratiquaient la méditation pour perfectionner leur art.

« Si vous continuez ainsi, on pourrait bien vous prendre pour un cadavre et vous enterrer. » Lança-t-elle avec ironie.

Il ouvrit lentement ses yeux d'un gris aussi pâle que le banc de marbre sur lequel il était assis, puis esquissa un modeste sourire.

« Bonjour, dame Alinila, salua-t-il. Heureux de vous revoir.

— Le plaisir est mien, répondit-elle en prenant place à ses côtés.

Elle se sentait plus en sécurité à ses côtés qu'éloignée de lui. Dans un affrontement de calligraphie, plus la distance entre deux calligraphes était grande, plus ils avaient le temps de préparer leurs meilleures armes. En revanche, lorsque deux calligraphes se livraient bataille côte à côte, le duel consistait à entraver les mouvements de l'autre, l'empêchant ainsi de tracer ses caractères dans l'air. Cela ressemblait davantage à une mêlée d'ivrognes qu'à une joute calligraphique.

Alinila ne désirait pas non plus se laisser entraîner dans ce type de comportement. Ce n'était pas digne d'elle.

« J'attendais votre visite cette nuit. » Poursuivit-elle en croisant une jambe sur l'autre.

— Dans vos appartements ? Cela aurait été déplacé, voyons.

— Certes, mais ça ne m'aurait pas perturbé pour autant. Nous aurions pu discuter de mon travail dans l'intimité de la nuit.

— La nuit offre un calme trompeur, ma chère. L'espace que nous offre ce bel endroit nous protège des oreilles indiscrètes, répliqua-t-il avec un sourire énigmatique.

— Peut-être, concéda-t-elle sans trop de conviction.

— Vous avez fait un excellent travail, Alinila. J'avoue avoir douté de vos capacités, mais me voilà rassuré.

— Qui vous dit que j'ai exécuté la tâche dans sa totalité, dit-elle, fixant son regard avec défi.

— Je l'entends.

— Vous l'entendez ? S'étonna-t-elle du propos.

— Ne vous souciez point de cela. Le fait est que je vois le résultat de votre labeur. De retour au consulat, je vous paierai le reste, comme convenu.

— Vraiment ? douta-t-elle.

— Bien évidemment ! Vous semblez surprise, ma chère.

— Il y a là de quoi en douter. Nous venons d'accomplir ensemble le pire blasphème de toute l'histoire de Galdine. Il aurait été normal de me réduire au silence.

— Il n'y a aucun crime dans notre entreprise, rétorqua-t-il avec véhémence. Ni même de blasphème. Rendre vivante une personne morte est une chose saine qui doit être saluée. La mort est impropre, nauséabonde et mauvaise. Elle est le réel blasphème de votre monde.

— Votre monde ? releva-t-elle.

Il se mit à sourire.

« Notre monde, reprit-il. La vie est précieuse à mes yeux. Toute personne, toute chose vivante, devrait voir sa vie préservée, et si nécessaire, continuer à exister même au-delà de la mort. Vous pensiez que je vous tuerais dans votre sommeil ? Ne craignez rien, car votre vie, aussi minime soit-elle, est précieuse à mes yeux autant qu'à mon cœur. »

— J'entends bien, elle l'est tout aussi pour moi, mais les morts que j'ai éveillés, ils n'ont rien de vivant. Ils ne sont plus l'homme ou la femme qu'ils furent autrefois. J'ai du mal à croire que vous souhaitiez les réveiller uniquement pour la gloire du vivant ou par pur altruisme, répondit-elle en scrutant ses réactions avec attention.

— Ma chère, nous passons notre temps à changer et personne ne porte le deuil de ce qu'il fut autrefois.

— Certes, mais dans ce cas précis, vous admettrez que le changement est assez radical.

— Oh ! ma chère, vous ne saisissez pas la poésie de vos actions.

— Non, en effet.

— Nos éveillés sont un présent au monde. Ils sont un espoir pour tous ceux qui craignent la mort. Je ne doute pas que leur apparence en rebutera certains, au début, mais une fois que le peuple aura vu leurs prodiges, il sera conquis. Croyez-moi !

— Mais ils sont enfermés sous terre, incapables de rien. Quel sens a tout cela ?

— Si ça ne tenait qu'à moi, ma chère, je les laisserais sortir dès à présent.

— Il y a d'autres personnes avec vous ?

Il se mit à sourire de toutes ses belles dents blanches. Elle venait de le faire parler à son insu. Alinila n'était peut-être pas la bécasse stupide qu'il semblait penser.

« Je vous admire, dame Alinila. Il est rare de croiser une aussi belle femme dotée d'une aussi grande intelligence. Vafline était bien peu bavarde sur cette qualité. »

Il regarda au loin, puis prit une profonde inspiration.

« M'avez-vous apporté le spectre osseux ainsi que l'injecteur ? » Demanda-t-il.

— L'injecteur est en lieu sûr. Je peux vous le ramener dès ce soir.

— Le spectre osseux… ? s'enquit-il.

— Le spectre osseux me convient parfaitement. J'aimerais pouvoir le garder en ma possession. Considérez-le comme un petit supplément à mon paiement.

— Petit ? fit-il avec amertume. Ce spectre vaut trente pierres d'or. Sachez que je n'accepte aucune perte. Trêve de caprices, veuillez me l'amener dès ce soir également.

— Soit. Je vous rendrai le spectre osseux. Cependant, j'aimerais que vous m'ôtiez d'un doute. Qui d'autre que vous est au courant, pour ma participation à ce projet ?

— Nul autre, rassurez-vous. À l'origine, c'est une autre personne qui devait exécuter cette besogne. Mais son arrogance, ou peut-être la bassesse de cette tâche l'ont retenue ailleurs.

Elle se leva, rassurée, puis essuya son postérieur. Il avait suffisamment parlé et elle savait qu'elle n'obtiendrait rien de plus de sa part.

« Maître Kraïcie, formula-t-elle. Je vous souhaite une excellente journée. »

— Je vous dis à ce soir, madame. Et n'oubliez pas de me rapporter le spectre.

— N'ayez crainte, maître Kraïcie. Je vous l'apporterais, enveloppé dans de la soie.

Elle tourna les talons et entreprit de partir avec grâce avant qu'un oubli ne la fasse se retourner.

« Ah ! J'ai failli oublier. Prenez garde à ne pas vous faire agresser. Le cimetière est plus dangereux qu'il n'y paraît. »

— Je suis un calligraphe de la loge impériale. Que peut-il m'arriver en ce lieu ?

— Laissez-moi réfléchir, fit-elle avec une moue dubitative. Ça, par exemple :

Une main de cuivre lui transperça le thorax. Ibvano hoqueta tandis qu'un groupe d'oiseaux s'échappa de l'arbre dans un crépitement d'aile. La statue qu'Alinila avait calligraphiée quelques minutes plus tôt accompagna la chute du mourant qui s'écroula lentement au sol. La statue, à l'allure macabre, s'était silencieusement dissimulée derrière eux durant leur discussion.

Cette femme-golem était souillée de boue, des vers gesticulant sur toute sa partie droite. La terre humide l'avait rongée à cet endroit, la faisant se tenir voûtée sur sa droite. De ses yeux dépourvus de pupilles, elle observa Alinila. Malgré son apparence fragile, elle avait joué son rôle à la perfection.

« Retourne d'où tu viens ! » Ordonna-t-elle.

Après hésitation, la statue de cuivre tituba jusqu'à disparaître entre les grandes stèles couvertes de mousse.

Faire disparaître le corps d'Ibvano à l'aide de la calligraphie aurait été judicieux, mais dans cette situation, cela ne semblait pas approprié. Le retrouver ainsi, le thorax perforé, conduirait probablement à conclure qu'il s'agissait d'un vol ayant tragiquement coûté la vie au vieil homme. "Un calligraphe aurait sûrement fait disparaître ce corps", dirait-on.

C'est dans cette conviction qu'elle tâtonna la tunique sombre du cadavre d'Ibvano à la recherche d'un pinceau, d'une bourse et de bijoux. Elle ne trouva que quelques pièces, mais aucun pinceau. Il était étonnant qu'un calligraphe de la loge impériale se déplace sans son arme.

Elle lui ôta ses bottes de cuir et de velours, puis souleva sa tunique pour détacher sa ceinture à boucle d'or. Après cela, elle s'en alla tranquillement. En chemin, elle s'arrêta pour brûler le reste avec l'embrasement du Juste, mais elle préleva la boucle en or.

Nulle perte, avais-tu dit...

9

Mont Nirû

Éla

Éla se trouvait dans la cellule de la sœur supérieure, debout, les mains derrière le dos, patientant silencieusement pendant que la sœur des arcanes, assise contre le mur, les jambes croisées, observait avec intérêt un papyrus sur lequel étaient inscrits à l'encre noire une série de symboles cunéiformes. C'était la première page d'une série de 33 papyrus dont elle ignorait l'existence.

À la demande de la sœur supérieure, Éla prit un vase en terre cuite, inutilisable en raison d'une fissure au fond, et reproduisit dessus le carré de cunéiforme. La calligraphie écarlate allait rendre le vase totalement indestructible. Une fois son travail achevé, Éla lâcha le vase qui, en tombant au sol, s'activa. Celui-ci rebondit brièvement avant de rouler à ses pieds sans avoir subi la moindre égratignure.

Face à cela, la sœur des arcanes resta dubitative. Elle fit signe à Éla d'apporter le vase, qu'elle considéra ensuite attentivement entre ses mains. Elle le tourna dans tous les sens, le huma et alla même jusqu'à poser sa langue dessus, cherchant peut-être des indices sur sa composition. Une fois convaincue qu'il s'agissait bel et bien d'un vase en terre cuite, elle le tapota contre le sol, de plus en plus fort, puis le jeta d'un bout à l'autre de la pièce. Le vase ricocha dans un coin du mur avant de revenir au pied d'Éla en tournoyant, toujours intact.

« Impressionnant, en effet. » Concéda-t-elle finalement lorsqu'Éla lui apporta de nouveau le vase.

— Nous espérons trouver d'autres calligraphies les prochains jours, renseigna Éla, un brin satisfaite.

— À qui d'autre as-tu parlé de cela ? questionna la sœur supérieure sans détourner le regard des symboles cunéiformes inscrits sur le vase.

Son cœur s'emballa soudain. Hier soir, Éla avait évoqué le sujet avec ses nouvelles amies. La sœur des arcanes ne lui avait jamais explicitement interdit d'en discuter avec d'autres, mais elle ne lui avait pas non plus donné la permission de le faire librement.

« J'ai évoqué ces signes avec sœur Ara, sœur Aki, sœur Una et sœur Ifu… » Confessa-t-elle, le cœur lourd.

La sœur des arcanes resta impassible. Ses yeux, toujours rivés sur les cunéiformes incandescents.

« … J'ignorais que je ne devais en parler à personne, je suis désolé… »

— Ça n'a pas d'importance, déclara la sœur des arcanes. Les signes que nous découvrons sont partagés aux gens du monde depuis toujours. Ils sont destinés à tous les êtres vivants, pas uniquement aux sœurs.

Elle posa le vase devant elle et scruta Éla.

« Sais-tu pourquoi personne ne t'a enseigné la calligraphie rouge ? » Lui demanda telle.

— Non, je l'ignore.

— Pour la simple raison qu'aucune sœur des signes n'en possède le savoir. Ces derniers siècles, la loge impériale n'a eu de cesse de récupérer toutes calligraphies les concernant afin de les tenir dans le secret le plus absolu. Ne restait qu'une rumeur de ces symboles cunéiformes.

Elle tourna le vase pour montrer le carré écarlate.

« La plupart des gens pensent que le spectre rouge se limite à rompre les calligraphies d'un simple trait, reprit la sœur supérieure. Pourtant, bien peu connaissent son véritable pouvoir. »

D'une main, elle saisit le vase et le frappa contre le sol, comme pour illustrer son propos.

« Sœur Éla, continua-t-elle. Sais-tu qu'enfant, je vivais dans le palais impérial ? »

— Oui, sœur des arcanes.

— Sais-tu également que mon grand-père était l'empereur Nefchet V et qu'il m'avait préparé à sa succession ?

— Je savais que vous étiez sa petite fille, mais pour la succession…, non, j'ignorais tout de cela.

— Bien sûr que tu l'ignorais, je n'en ai parlé à personne. Les sœurs du signe ne se soucient guère des affaires impériales. Sans compter que tout ceci n'a aucune espèce d'importance lorsqu'on se destine à devenir l'épouse du grand créateur.

Sur ces mots, la sœur des arcanes se leva péniblement en s'appuyant sur son bâton rouge. Une fois debout, elle se pencha pour ramasser le vase, puis se dirigea vers le tapis où elle avait l'habitude de préparer le thé blanc, avant de s'y installer.

Elle la rejoignit et s'agenouilla devant elle alors que la sœur supérieure calligraphiait l'embrasement du Juste sur un petit morceau de papier, qu'elle inséra ensuite dans la théière.

« Autrefois, où je résidais encore au palais, reprit-elle. Avant que Zéline ne commette l'odieux crime en assassinant mon grand-père et me contraigne à rejoindre l'ordre, l'empereur Nefchet V avait l'habitude de m'emmener souvent dans la bibliothèque calligraphique impériale. Cette bibliothèque possédait de nombreux livres et de nombreux parchemins traitant exclusivement des calligraphies célestes. Tant de savoir à la portée d'un seul homme. Tous les scribes calligraphiques de l'empire, même réunis, ne pouvaient se vanter de détenir plus de savoir que l'empereur. Mais même dans cette bibliothèque, inaccessible au commun des mortels, existait une autre pièce, dissimulée derrière un lourd rideau rouge. Sais-tu ce qui se trouvait dans cette pièce ? »

— Des manuscrits de calligraphie rouge, répondit Éla, abasourdie par de telles confidences.

La sœur des arcanes esquissa un sourire tout en versant du nectar d'atrimel dans l'eau bouillante, qu'elle agrémenta ensuite de feuilles de thé.

« Plusieurs centaines de manuscrits rouges, précisa-t-elle. Scellé à jamais dans le secret des empereurs. C'est une calligraphie redoutable, sache-le. Les gens du peuple craignent les malédictions que peut engendrer la calligraphie mauve, mais c'est parce qu'ils ignorent le véritable potentiel de la calligraphie rouge. »

La sœur des Arcanes versa une première tasse qu'elle écarta du plateau, puis deux autres. Elle saisit l'une d'elles par le haut et la tendit à Éla. Lorsque celle-ci l'attrapa par le dessous, la sœur supérieure ne relâcha pas sa prise sur la tasse et scruta Éla droit dans les yeux. La tasse était brûlante, mais Éla craignait de la faire tomber en retirant sa main.

« Mon enfant, lorsque l'empereur découvrira que tu maîtrises les cunéiformes, tu deviendras une source d'inquiétude à ses yeux. » Murmura-t-elle avec gravité avant de relâcher son emprise sur la tasse.

Éla ignorait détenir autant de pouvoir. Non, en réalité, elle n'était pas certaine de le détenir réellement. Même avec ce qu'Oko avait su réunir comme calligraphie, il lui était impossible de causer du mal à qui que ce soit, aussi bien par la volonté que par le spectre. Elle ne savait que rendre les objets solides, invisibles, transparents, ou alors les faire disparaître à jamais.

Certes, cette dernière lui permettrait peut-être d'anéantir un individu, mais encore fallait-il qu'il y consentît. La calligraphie bleu, mauve et vert était bien plus meurtrière à ses yeux.

« Je ne saurais être un danger pour quiconque, se défendit-elle. Je suis une sœur des signes. »

— Et sœur des signes, tu resteras, confirma la sœur supérieure. Nous ne tolérerons pas que la loge impériale s'immisce dans notre ordre. Je ne tolérerai pas que tu sois inquiété. Poursuis ton travail, sœur Éla, car ainsi en a décidé le Roi-Dieu.

Elle but une gorgée de thé blanc. Les symboles cunéiformes du vase se désintégrèrent sous les yeux de la sœur des arcanes, laissant le vase intact et gravé d'un carré de symboles à peine reconnaissables.

« Impressionnant... », murmura-t-elle en sirotant à nouveau le thé blanc.

Deux nuits plus tard, la cérémonie du mariage débuta. La grande chambre des bains sacrés avait abandonné son ambiance austère pour celle de la festivité. Les sœurs avaient échangé leurs accoutrements gris et épais contre des tenues colorées et légères. Des musiciennes jouant du sitar, de la flûte, du tambourin et des cymbales emplissaient la grande salle de musique, tandis que mille bougies décoraient l'espace de leur éclat.

Éla arborait une série de jupons en dentelle rouge et noir. Un corset de tissu noir, parsemé de touches de rouge, mettait en valeur sa poitrine, dévoilant ses épaules et ses bras nus. Ses gants noirs accompagnaient toujours sa tenue, semblant désormais être un élément esthétique à part entière dans son allure.

Ses cheveux, libérés du foulard gris, s'enroulaient autour d'un ruban pourpre, formant une épaisse natte qui descendait jusqu'au bas de son dos. Jamais elle n'avait paru aussi resplendissante.

Oko se tenait parmi les musiciennes, à l'autre extrémité de la salle. Il semblait être le lion parmi les gazelles, sa prestance détonnant dans la foule féminine. Assis sur un petit coussin, les jambes croisées, il égrainait avec grâce les notes mélodieuses de sa cithare. Une large robe orange à manches longues enveloppait son corps, tandis qu'un capuchon lui dissimulait le visage.

Oko n'avait sans doute rien trouvé de mieux que ce torchon pour cacher ses formes masculines. En le regardant ainsi, Éla se trouvait partagée entre l'outrance et le ridicule de la situation. Comment les sœurs ne pouvaient-elles pas s'apercevoir qu'il s'agissait d'un homme ? Comment Éla n'avait-elle pas remarqué cela plus tôt ?

Ces questions, elle se les posait chaque fois qu'elle le voyait entouré d'autres sœurs. Mais la réponse était toute simple : nul ne le regardait réellement. Comme toutes les sœurs doctes, Oko ne travaillait qu'en solitude, dès lors, il était exclu du groupe.

Éla lui avait plusieurs fois demandé quel subterfuge il avait usé pour intégrer le premier temple des signes. Sa réponse avait toujours été : "C'est une histoire trop triste pour tes oreilles".

Trois coups de bâton résonnèrent, faisant taire instruments de musique et conversations. C'était la sœur des arcanes qui avait donné le signal. Assise sur l'un des tapis disposés autour de la salle, elle était vêtue d'une robe arc-en-ciel dont les couleurs semblaient avoir pâli avec le temps.

Les sœurs évacuèrent le centre de la salle pour rejoindre les tapis qui longeaient les murs. La cérémonie s'apprêtait à débuter, entraînant avec elle une longue nuit d'ennui.

La cérémonie du mariage exigeait des sœurs une tenue élégante et séduisante, voire même provocante. Ce jour si singulier, choisi de manière totalement arbitraire par la sœur des arcanes, marquait l'union du Roi-Dieu avec les sœurs dans une forme spirituelle.

Si la nouvelle sœur Ifu était à son premier mariage, pour les autres sœurs, ce n'était qu'un renouvellement. Éla était à son onzième mariage. Oko, lui, était à son septième blasphème.

Comme dans toute pratique traditionnelle, la cérémonie du mariage était imprégnée de rituels. Les sœurs musiciennes se devaient de maintenir une posture et un emplacement immuables tout au long de la cérémonie.

Celles qui ne maniaient pas les instruments étaient tenues, à tour de rôle, de se livrer à une danse gracieuse au centre de la salle. Mais avant que les danses ne débutent, il était de rigueur de réciter ensemble quelques versets sacrés des Saintes Écritures…

Après une heure de récitation, Éla sentit sa bouche devenir pâteuse à force de psalmodier les versets sacrés, et ses oreilles résonnaient des voix de ses sœurs. C'est alors que la sœur des arcanes, d'un geste ferme, fit retentir son bâton trois fois sur le sol, signifiant ainsi la fin de la première prière.

L'honneur de la première danse échut à sœur Ifu, puisqu'elle était la seule à n'avoir jamais été unie au Roi-Dieu. Elle prit place au centre de la pièce tandis que la musique s'élevait. Sa danse manquait d'harmonie, mais seul le regard du Roi-Dieu pouvait en déterminer la qualité.

Les danses se succédèrent à un rythme lent et mesuré. Aucune sœur n'était autorisée à quitter sa place, même entre les prestations. Le silence régnait, aucun mot n'était échangé, et il était interdit de se restaurer ou de s'abreuver. Il était même recommandé aux sœurs de s'abstenir de boire depuis le zénith afin d'éviter toute envie pressante pendant la cérémonie.

Des heures s'étaient écoulées depuis le début de la cérémonie, et pourtant, seule la moitié des sœurs avaient eu l'opportunité d'offrir leur danse. Les choses avanceraient assurément plus rapidement si elles n'étaient pas contraintes de réciter une prière entre chaque prestation. Au temple de Galdine, de telles pratiques n'existaient tout simplement pas. Le mariage était une célébration joyeuse où rires, danses et festins se succédaient jusqu'au lever du jour.

C'était un calvaire ! Éla détestait ces cérémonies sans fin. Elle aurait cent fois préféré récolter des pétales dans les terrasses des montagnes plutôt que de rester ici, à attendre, adossée contre un mur froid. Elle aurait mille fois préféré parler durant des heures avec Oko plutôt que d'observer le silence ici.

Sœur Éwa acheva sa danse au moment où la joueuse de cymbales frappa sa dernière note. Car, il était essentiel de comprendre qu'une danseuse ne pouvait quitter le cercle qu'à la toute dernière note du dernier instrument. Ainsi, une musicienne pouvait prolonger indéfiniment l'épreuve en prolongeant la musique. Cela était chose rare, car le calvaire était enduré par toutes.

Sœur Éwa rejoignit sa place et l'on pria, encore.

"Tac ! Tac ! Tac !" frappa la vieille sœur des arcanes.

« Sœur Éla. » Appela-t-elle.

Éla fit un effort considérable pour réprimer son sourire. Enfin, elle allait pouvoir libérer ses pieds engourdis. Cependant, se trémousser comme une enfant était hors de question. Là encore, tout était régi par des règles strictes.

Elle se leva, fit trois pas en avant, dessinant un demi-cercle en direction de la sœur des arcanes. Elle s'inclina pendant quatre secondes, puis se redressa et rejoignit le cercle de danse, se mettant à genoux devant les musiciennes.

Oko fit résonner trois accords puissants de sa cithare, et Éla se leva d'un bond gracieux pour commencer sa danse. Les autres instruments se joignirent bientôt à la mélodie. Éla se laissa porter par les sons, se balançant lentement au rythme de la musique.

Elle sentit son corps se libérer de l'immobilité précédente. Ses déhanchements souples, répétés maintes et maintes fois, faisaient voleter ses jupes. Se courbant d'avant en arrière, elle agitait ses mains dans les airs avant de tournoyer, encore et encore, sur elle-même. Son pendentif, orné du spectre écarlate, se mit à luire, traçant des cercles autour d'elle.

Par moments, elle glissait un regard en direction d'Oko, par pur instinct de curiosité. Son visage se trouvait dissimulé sous sa capuche, mais la lueur dorée projetée par le vernis de la cithare illuminait ses yeux. Des yeux captivants, qui semblaient désormais rivés sur elle. Bien qu'il ne soit pas autorisé à détourner le regard de son instrument pendant la danse, elle-même n'avait pas le droit de scruter son public.

Alors que les autres musiciennes avaient cessé de jouer, Oko continuait de faire résonner son instrument. Plus rapide, plus puissant, plus passionné que jamais. Le rythme, à la fois effréné et envoûtant, galvanisait Éla qui redoublait d'énergie, intensifiant ses mouvements avec une force nouvelle.

Elle releva sa robe jusqu'au niveau de ses cuisses, ne voulant pas entraver le mouvement de ses jambes nues. Pendant ce temps, Oko intensifiait la musique à un rythme infernal, mais Éla s'y accrochait avec ferveur et plaisir, se laissant emporter par la rage et la jouissance qui l'envahissaient.

C'est la sœur des arcanes qui mit fin à cette déviance en frappant trois fois de son bâton. Oko écrasa aussitôt les cordes vibrantes avec ses mains épaisses. Éla s'agenouilla également devant les musiciennes, haletante, fiévreuse et couverte de sueur.

Elle se releva et avança de trois pas en direction de la sœur des arcanes, s'inclinant pendant quatre secondes en signe de respect. Ensuite, elle retourna à sa place sous le regard attentif de ses sœurs.

Le lendemain matin, Éla accompagna en silence Oko jusqu'à la partie extérieure du métal incrusté. À l'exception de quelques salutations, aucun mot n'avait été échangé entre les deux concernant la cérémonie de la veille. Elle redoutait qu'Oko n'ait mal interprété sa danse. Qui sait quelles idées sombres ont pu germer dans son esprit impur.

Oko s'approcha du métal incrusté, posant ses outils sur un rocher avoisinant avant de se diriger vers l'objet de ses études. Son but ? Créer un chemin à travers le cylindre métallique en utilisant la calligraphie écarlate pour rendre intangible la matière, tel le papyrus devenu impalpable. Malgré ses doutes quant à la réussite de cette entreprise, il refusait catégoriquement de l'abandonner sans l'avoir essayée.

C'est ainsi qu'il maintenait la feuille où la calligraphie était inscrite, pendant qu'Éla reproduisait méticuleusement les symboles sur le métal incrusté.

Malheureusement, le premier trait tiré s'évapora en une fumée rougeoyante. Tout comme l'azur, le spectre écarlate agissait sur le métal incrusté comme l'eau sur la braise. Il semblait définitivement imperméable à toutes calligraphies. Oko l'avait prévenu, cela ne serait pas si simple.

« Qu'allons-nous faire à présent ? » Demanda Éla, dépitée face à cet échec.

— Je ne sais pas, murmura-t-il en reculant pour observer le métal incrusté dans son ensemble.

Éla s'assit contre le métal incrusté, bâillant d'épuisement.

« Tu as réussi à dormir ? » Demanda Oko.

— Un peu. Avant la prière de l'aube. Et toi ?

— Non, je n'ai pas su dormir. Mes pensées m'ont tourmenté.

Éla sut immédiatement où il voulait en venir, mais elle préféra ne rien répondre.

« J'ai pensé à la cérémonie du mariage. » Reprit-il.

— Oui, c'était long.

— J'ai beaucoup apprécié ta danse.

— Je devais danser tant que tu jouais, rétorqua-t-elle sèchement.

— Je sais, et c'est bien pour ça que j'ai continué.

— C'est pour le Roi-Dieu que je dansais, pas pour toi. Tu ne dois pas l'oublier.

— Oui, je le sais bien. Néanmoins, j'ai aimé te regarder danser.

Ne sachant quoi répondre, Éla détourna le regard. Un long et pesant silence s'installa entre le musicien et la danseuse.

Ce qu'elle avait fait hier n'était pas une bonne chose. C'était mal. Le regard qu'elle lui avait offert durant la danse était abject. Une abomination. Pire que d'avoir touché la semence d'homme avec ses mains. Elle avait désiré un homme au lieu d'avoir désiré le Roi-Dieu. Et même si elle ne se l'avouait pas, au plus profond d'elle, elle savait qu'elle avait commis ce blasphème.

Le pire dans toute cette situation, c'était que les autres sœurs les avaient observées. Même la sœur supérieure les avait vus. Si elle venait à découvrir le secret d'Oko, tout serait compromis. Aucune seconde chance ne lui serait accordée.

Déçu, Oko détourna son regard d'elle et se dirigea vers la roche où le navire céleste était incrusté.

« Tu vas calligraphier sur la montagne. » Dit-il d'une voix morose.

Il appuya sa main contre la paroi rocheuse, juste à gauche de la faille.

« Tu vas calligraphier ici, précisa-t-il. Tu créeras un accès par là avec le carré d'immatériel. »

— Tu penses trouver une entrée à travers la montagne ?

— Non. La seule entrée se trouve dans la grande salle et elle est close. Je souhaite utiliser ta calligraphie pour pouvoir étudier le métal dans son ensemble. Il faut profiter de tes nouveaux talents.

Elle le rejoignit, puis retranscrivit les cunéiformes sur la surface rocheuse. Une fois cette tâche accomplie et le tout activé, Oko plongea son bras dans la paroi rocheuse désormais devenue immatérielle.

« Incroyable, s'émerveilla-t-il. Je ne touche même pas le fond. »

Il se déplaça sur sa gauche jusqu'à atteindre la paroi opposée, puis s'abaissa tout en gardant le bras à l'intérieur.

« Une sphère, conclut-il. Ta calligraphie a créé une sphère avec un sol plat. La forme est idéale pour éviter un effondrement. J'avais peur qu'un pan de la montagne s'effondre sur ce vide. »

— Tu m'as fait courir le risque de faire écrouler la montagne sur mes sœurs ?

— Dans chaque pas, il y a un risque de chute, Éla, mais il nous faut pourtant avancer. Et puis, avec la vie que vous menez ici, la mort serait une libération, non ?

D'un pas en arrière, il pénétra dans la montagne avant même qu'elle n'ait le temps de répliquer. Pendant un bref instant, Éla se sentit ridiculement seule devant cette paroi rocheuse. Elle fit glisser sa main sur la surface éthérée de la roche, puis y enfonça le bout de son index.

L'absence de contact lui procurait une sensation des plus déroutantes. Elle ne voyait plus son doigt, mais ne ressentait aucune résistance dans ses mouvements. Soudain, le visage d'Oko apparut devant elle. Surprise, elle fit un bond en arrière.

« Il n'y a pas d'air à l'intérieur, déclara-t-il après avoir pris une grande inspiration. Impossible de respirer. Et il y fait noir. »

Il prit une grande inspiration et entra à nouveau. Mais à peine quelques secondes plus tard (des secondes qui semblaient avoir duré une éternité), Oko ressurgit.

« J'ai trouvé quelque chose, dit-il en haletant. Au fond de la grotte… une sorte de fissure… sur le cylindre… Je ne sais pas si c'est sculpté… ou s'il s'agit d'une brèche causée par la chute. Mes doigts sont trop épais. Tes mains sont plus fines. Entre et dis-moi ce que tu en penses. »

— Que… que j'entre là-dedans ? dit-elle, inquiète.

— Oui. Il doit rester quatre bonnes minutes avant que la calligraphie ne se termine. Tu auras le temps.

— Je… je… je ne serais pas d'une grande aide. Avec mes gants, je ne sentirais pas grand-chose.

Elle hésitait et se tortillait les doigts d'inquiétude.

« Ne t'en fais pas, Éla, la rassura Oko. C'est un peu comme plonger dans l'eau. Tu prends une grande inspiration et tu te laisses aller. Rien de bien compliqué ici. Je ne te pousserais pas à y aller s'il y avait le moindre risque. »

— Si c'est nécessaire, alors très bien. J'y vais.

Elle glissa une main à l'intérieur, puis le pied en tâtonnant le sol. Celui-ci était parfaitement plat, sans la moindre aspérité apparente. Pas à pas, elle avança prudemment à l'intérieur de la montagne.

« Je viendrai te chercher si tu tardes. » Promit Oko.

Après avoir pris une profonde inspiration, elle s'engouffra à l'intérieur, les yeux fermés. Éla avança en se guidant au toucher, effleurant le métal incrusté avec ses mains gantées.

Après quelques pas, ses doigts rencontrèrent le fond de cette étrange grotte éphémère. D'après Oko, c'est là que se trouvait la brèche. Elle parcourut la surface du bout des doigts jusqu'à sentir un léger creux sous ses doigts.

Elle ouvrit involontairement les yeux et, contrairement à ce qu'avait dit Oko, Éla fut surprise de voir parfaitement à l'intérieur. Elle distingua Oko à l'extérieur, son regard perdu dans sa direction. Les contours de la montagne se dessinaient entre eux comme un voile froissé.

D'ici, tout lui semblait terne : Oko, le ciel, et même la roche. Son regard se promena à l'intérieur de la sphère. Cette dernière était incroyablement lisse. Elle avait l'impression de se trouver à l'intérieur d'un œuf coupé en deux.

Elle se pencha de nouveau sur la fissure qu'elle avait à peine effleurée. Elle réalisa rapidement que ce n'était pas simplement une décoration. Au contraire, c'était une fissure accidentelle, s'enfonçant profondément dans la montagne.

Le souffle manquant et la chose étant vus, Éla sortit.

« Alors ? interrogea Oko en l'accueillant. Qu'en penses-tu ? »

— J'ai pu voir l'intérieur…, répondit-elle en reprenant son souffle.

— Comment ça ?

— Toi…, et le sol, le ciel… J'ai vu la brèche dont tu m'as parlé.

— Il est probable que, en tant que calligraphe, tu bénéficies de certains privilèges, supposa-t-il. Et cette fissure ! J'ai senti qu'elle n'était pas droite. À quoi ressemble-t-elle ?

— De ce que j'ai pu voir, il semble bien que ce soit une déchirure du métal, déclara-t-elle.

— *Une* déchirure ! Profonde ?

— Non, mais elle semble s'élargir plus loin, vers la grande salle.

— Calligraphie un autre carré d'immatériel.

Éla s'apprêtait à s'opposer à cette folle idée, de peur que la montagne ne s'effondre sur elle-même comme il l'avait suggéré, mais ce dernier se reprit de lui-même :

« Non ! Ne fais pas ça. Ce serait inutilement dangereux. Nous pouvons très bien le faire depuis l'intérieur. Depuis la grande salle. Nous aurons sans doute un meilleur accès. »

Alors qu'ils avançaient sur le chemin menant à la grande salle aux piliers, Éla et Oko croisèrent des sœurs revenant de leur prière du zénith. Aucune ne leur jeta un regard, restant toutes silencieuses face à la présence imposante d'Oko. Mais dès qu'elles furent passées, des murmures et des rires éclatèrent derrière eux.

De quoi parlaient-elles ? De la cérémonie du mariage ? De sa danse ? Éla redoutait que de fausses rumeurs naissent sur leur relation. Des rumeurs d'amour entre deux sœurs. *Rien ne s'était passé,* pensa-t-elle. *Tous mes sentiments sont dirigés vers le Roi-Dieu, et lui seul.*

Lorsqu'ils pénétrèrent dans la vaste salle aux majestueux piliers, après avoir gravi l'imposant escalier menant à la porte scellée de métal incrusté, Éla entreprit de calligraphier le carré de cunéiforme sur la paroi rocheuse, à droite de la sombre porte métallique.

Lorsqu'elle franchit la roche devenue intangible, d'un simple coup d'œil, elle repéra une large brèche sombre s'étendant horizontalement le long du cylindre métallique.

À cet endroit, la faille était suffisamment large pour qu'elle puisse y passer la main et même le bras en entier. Cependant, en s'approchant de plus près, elle constata qu'aucune lumière ne pénétrait l'intérieur du métal incrusté.

Elle inséra sa main dans l'ouverture. Celle-ci était assez large pour qu'elle puisse y glisser son bras jusqu'à l'épaule. Cependant, ne discernant rien à l'intérieur, elle retira prestement sa main, imaginant qu'une force invisible pouvait l'agripper depuis l'intérieur. Un frisson de terreur parcourut son corps alors qu'elle faisait volte-face pour rebrousser chemin.

« Tu l'as trouvé ? » Demanda Oko une fois qu'Éla fut ressortie.

— Oui, j'ai pu y passer la main.

— C'est vrai ? s'enthousiasma Oko.

— Oui, mais je n'ai pas pu voir l'intérieur du cylindre. Il y fait noir.

— Réalises-tu ce que cela signifie ? Nous avons enfin réussi à pénétrer à l'intérieur de ce maudit navire céleste !

— Surveille tes mots ! s'irrita Éla. Tu parles du signe du Roi-Dieu.

— Oui, pardon…, et qu'as-tu vu à l'intérieur !

— Je viens de te dire qu'il y fait noir.

— Bien sûr, puisque l'intérieur du cylindre ne bénéficie pas de ta calligraphie. Ça me semble évident…, ça me semble évident…,

Oko fit quelques allées et venues entre elle et la lanterne pour enfin s'accroupir devant cette dernière. Il l'ouvrit, sortit une bougie de sous son manteau, puis l'alluma et la tendit à Éla.

« Entre avec ça. Elle va sûrement s'éteindre, mais on ne sait jamais… »

Elle se saisit de la bougie puis rejoignit l'intérieur de la paroi. Comme prévu, à peine entrée, la flamme s'éteignit aussitôt.

« La flamme s'est éteinte. » Informa Éla en ressortant.

— Je vois…, je vois…, murmura-t-il en gesticulant ses doigts devant ses lèvres. La flamme manque d'air… elle manque tout simplement d'air…

Oko ne laissant rien au hasard, il alluma à nouveau la bougie, mais lui confia cette fois-ci la lanterne au carreau fermé. Éla revint avec la lanterne et ainsi que le même résultat. Aucun feu ne pouvait brûler à l'intérieur.

« On n'y arrivera pas de cette manière. » Constata-t-elle.

Oko la fixa avec des yeux béants, figé sur place, sans émettre le moindre son. Son regard semblait perdu dans le vide, comme s'il ne la voyait pas vraiment. Éla s'inquiétait de ce comportement étrange lorsque soudain, il s'exclama :

« Ton spectre, bien sûr ! Illumine ton spectre devant la faille. »

Elle détacha son collier et saisit le pendentif écarlate entre ses doigts, lequel s'illumina aussitôt, puis elle s'engagea de nouveau dans la roche. Instantanément, le spectre perdit de son éclat. Elle s'apprêtait à rebrousser chemin pour en informer Oko, mais une idée l'arrêta net.

Elle s'approcha de la faille. Telle la flamme d'une bougie, le spectre ne brillait pas à travers la roche, mais contrairement à la flamme qui s'évanouit une fois privée d'air, le spectre persistait, immuable.

Tenant fermement le fragment écarlate entre ses doigts et enroulant délicatement le collier autour de son poignet, Éla glissa sa main dans l'ouverture. Le spectre s'illumina à nouveau, et enfin, Éla put discerner l'intérieur.

Elle ne bénéficiait pas de la clarté du jour ; loin de là, la visibilité restait très limitée. Pourtant, elle parvint à distinguer quelques contours, quelques objets. Face à elle, des surfaces plates reflétaient la lueur de son spectre, tel du vernis sur du bois.

Ces carrés évoquaient étrangement les portes d'un placard, avec des inscriptions d'une nature inconnue gravées dessus. À gauche, elle remarqua un cadre fixé au mur. Il ne pouvait s'agir que de l'entrée métallique incrustée. Une barre semblable à un levier était encastrée sur le côté droit de ce cadre.

Elle dirigea son bras et son regard vers le côté opposé. Là, elle distingua ce qui ressemblait à des couchettes encastrées dans le mur. Des lits dépourvus de couvertures et d'oreillers, à l'exception de celui du bas où un drap recouvrait quelque chose sur toute sa longueur.

On aurait dit un linceul enveloppant le corps d'une personne. L'espace d'un instant, Éla ressentit une terreur indicible, craignant que ce cadavre hypothétique ne se redresse brusquement pour saisir son bras dans un sursaut macabre.

Elle jeta un dernier regard vers le coin droit et aperçut une table sur laquelle étaient posés des livres, des feuilles et des tasses.

Le souffle coupé, elle ne put demeurer plus longtemps à l'intérieur et émergea de la roche en expulsant bruyamment l'air de ses poumons, avant d'aspirer aussitôt à grandes goulées. Oko se rua vers elle, attendant fébrilement qu'elle lui annonce la nouvelle.

« J'ai vu… dit-elle entre deux grandes respirations. J'ai vu l'intérieur… Il y a… des lits et quelque chose est couché sur un lit… »

— Quoi ? S'impatienta Oko au bord de l'extase. Qu'est-ce qui est couché sur ce lit ?

— Je crois que c'est un corps… Il y a un drap qui recouvre le corps d'une personne, je pense.

— Un corps ? Et quoi d'autre ? Qu'as-tu vu d'autre ?

— Des placards, une table avec des livres et des tasses. Et…, la porte. Il y a un levier sur la porte.

— Un levier ! Sur cette porte-là !

Oko indiqua la porte close du métal incrusté.

« Oui, mais on ne peut pas l'atteindre à la main. »

— Mais si je fabriquais une perche avec un crochet ou la boucle d'une corde au bout, tu penses pouvoir l'atteindre ?

— Oui, je crois. Enfin sûrement, elle n'est pas si loin.

— Il faut que je voie l'intérieur. Si l'on veut pouvoir atteindre ce levier ou extraire quelques livres ou autres choses, il nous faut travailler sans être obligés de retenir sa respiration.

— Ou de craindre que le carré immatériel nous piège dans la montagne.

— En effet. Nous devons ouvrir un passage vers cette brèche, déclara-t-il.

— Mais la sœur supérieure n'acceptera jamais que tu creuses la roche. Il n'y a pas que le métal incrusté qui soit sacré, le temple l'est aussi.

— Je sais et pourtant, dans chaque pas, il y a risque de chute…

Oko saisit un bâton de bois et le cassa en deux morceaux contre sa cuisse. Il inséra les deux morceaux dans la roche immatérielle.

« Que fais-tu ? » S'inquiéta Éla.

— En disposant les bâtons de cette manière, la roche se fissurera en deux endroits. Cela me facilitera la tâche, expliqua-t-il.

— Tu n'as pas écouté un mot de ce que je viens de dire ? La grande salle aux piliers doit rester inchangée. Tu n'as pas le droit de la défigurer en creusant un trou.

— Le passage que je compte faire sera petit.

— Retire ces morceaux de bois !

— Si je ne parviens pas à actionner ce levier, je pourrais élargir l'ouverture dans la coque du navire et, qui sait, peut-être pénétrer à l'intérieur.

— Est-ce que tu écoutes ce que je te dis ? Arrête ça tout de suite !

— Je ne peux pas reculer. Je ne veux pas reculer !

— C'est un sacrilège.

— Et en quoi est-ce un sacrilège ?

— Tu comptes frapper le symbole du Roi-Dieu avec des outils, c'est… c'est… sacrilège, tout simplement !

Oko lui tournait le dos, ses deux mains tenaient fermement les bâtons dans la roche immatérielle.

« Ne fais pas ça ! » Avertit-elle une nouvelle fois.

— Ce n'est que des foutaises. Ton Roi-Dieu n'existe pas, ou s'il existe, il se fout divinement de ce morceau de métal.

— Arrête ça ou…

Soudain, deux fissures se propagèrent sur la paroi rocheuse. L'une d'elles grimpa le long du mur, puis au plafond, pour enfin s'arrêter au-dessus d'eux. L'autre cessa sa course au bas du mur.

« Deux simples fissures, minimisa Oko. Comme je l'avais prévu… »

La fissure du bas reprit son avancée, émettant un sinistre grondement, et passa entre les jambes d'Éla avant de s'arrêter à la première marche de l'escalier.

« Je peux faire un mortier pour boucher ça. On y verra… »

La fissure du haut poursuivit également son avancée telle une bête indomptable. Elle continua sa progression le long du couloir, grimpant jusqu'au mur de la grande salle aux piliers, où un léger bruit de pierre tombant se fit entendre.

Éla et Oko se regardèrent un long moment, craignant que la fissure se propage encore. Après un instant d'hésitation, ils rejoignirent ensemble l'escalier. Une pierre se trouvait au sol.

« Un simple caillou… » Commenta Oko en le ramassant, mais il fut aussitôt interrompu.

— Plus un mot ! lança furieusement Éla, le regard larmoyant. Je t'ai demandé de ne pas faire ça et tu m'as ignoré. Tu m'as ignoré comme l'ont toujours fait mes sœurs. Pire, tu t'es moqué de moi et de l'ordre des signes.

— Non…, enfin je ne voulais…

— Tu n'as rien à faire ici ! Et moi, je n'ai rien à faire avec toi…

Éla, profondément meurtrie, partit.

« Où vas-tu ? demanda Oko en la poursuivant dans les escaliers, avant de s'interrompre. Reste ! Je t'assure que… Je suis stupide, Éla. Je ne suis qu'un homme. S'il te plaît, Éla, ne pars pas. »

Elle continua de descendre.

« Je reste ici. Comment comptes-tu partir sans lumière ? »

Elle saisit le spectre rouge entre ses doigts et le fit scintiller. Sa lueur éclairait suffisamment son chemin.

« Prends au moins ma lanterne. »

Elle descendait sans ralentir, ses pas résonnant dans la grande salle.

« Je serai là demain. Après la prière de l'aube. Je t'attendrai ici. »

Éla ne lui répondit pas. Elle se concentrait sur les marches qui défilaient sous ses pieds.

« J'ai besoin de toi… » L'entendit-elle dire au loin.

Elle ne lui répondit pas. Elle se concentrait sur les larmes qui ne devaient défiler sur ses joues…

Quelque part...

Un homme était assis au sommet d'un roc, dominant une étendue de plaine infinie. Son regard plongé dans les pages d'un livre usé, dont chaque mot avait été parcouru maintes et maintes fois. En contrebas s'étirait la vallée, où se nichait, près d'un ruisseau, sa modeste demeure dont les murs rutilaient sous le soleil couchant.

Dans ce paysage désertique, ce refuge était l'unique point d'ancrage à des kilomètres à la ronde. L'homme vivait seul, écarté du monde, tel un paria en quête de rédemption.

Un bruit lointain attira son attention, le forçant à lever les yeux vers le ciel. Là-haut, un objet azur fendait l'air, laissant dans son sillage une traînée de fumée blanche. Il filait à toute allure vers lui, telle une comète menaçant de s'écraser sur la paisible vallée.

À mesure que l'objet approchait, les détails de son apparence se précisaient. La comète azur prenait la forme d'un oiseau géant aux plumes d'un bleu éclatant.

Après avoir plané au-dessus de la maison tel un rapace en quête de sa proie, l'oiseau spectral se posa derrière le rocher où l'homme était tranquillement assis, déclenchant un grondement assourdissant qui fit trembler la terre.

Sans quitter les yeux de son livre, l'homme entendit le son des pas qui résonnaient, montant l'escalier menant au sommet du rocher. Il tourna une page.

« Que lis-tu ? » Demanda la femme qui venait d'arriver.

Derrière elle, une épaisse fumée azurée s'élevait dans le ciel, témoin de la grandeur de la calligraphie qui l'avait transportée jusqu'ici.

« Les bâtisseurs de l'infini. » Répondit l'homme.

— Tu as gardé ce livre. Nous avions convenu de laisser le passé derrière nous. Et pourtant, tu lui fais visiter les quatre coins de Panem.

— Tu sais de qui je le tiens. Et puis, disons que c'est le prix à payer pour ma solitude. Il ferma le livre et se leva pour rejoindre la femme, l'enlaçant chaleureusement. Ça me fait plaisir de te voir, Vafline. Que me vaut ta visite ?

— Je passais par là. J'ai souhaité te voir, mais je ne resterai pas longtemps. Je viens t'apporter des nouvelles de mon fils.

— Des nouvelles de Rem's ?

— Non, de Kléos.

L'homme laissa échapper un soupir chargé d'émotion avant d'inviter Vafline d'un geste à le suivre. D'un pas commun, ils se dirigèrent vers la petite maison. Vafline effleura les murs lisses de la bâtisse du bout des doigts, une vague de nostalgie l'envahissant.

« Tu as toujours ton pinceau ? » Demanda-t-elle.

— Non, répondit-il en ouvrant la porte. Tu sais bien que l'or n'est pas éternel.

— Comme les calligraphes, malheureusement, répondit Vafline avec un soupir empreint de regret. Nous ne disposons désormais que de quatre pouvoirs sur les six.

- À suivre -

Note de l'auteur

Chers lecteurs et lectrices,

Je tiens tout d'abord à exprimer ma profonde gratitude pour avoir pris le temps de plonger dans les pages de ce deuxième tome. Votre intérêt et votre soutien sont des sources d'inspiration inestimables pour moi.

Je dois vous avouer que je suis seul à écrire, à lire, à relire et à corriger chaque ligne de ce roman. Malgré tous mes efforts, il se peut que quelques coquilles aient échappé à ma vigilance et ternissent votre expérience de lecture. Si tel est le cas, je vous prie de bien vouloir accepter mes plus sincères excuses.

Votre avis et vos retours sont précieux pour moi. Si ce roman a su captiver votre imagination et vous procurer du plaisir, n'hésitez pas à partager vos impressions en laissant un petit commentaire et une note sur le site d'achat. Vos mots sont une source de motivation qui nourrit mon désir d'écrire et d'explorer de nouveaux horizons.

Encore une fois, je vous adresse mes plus chaleureux remerciements pour votre soutien indéfectible.

À bientôt,

Hector Ringwood

si vous souhaitez m'écrire :

hectorringwood@gmail.com